五毛钱的愿望

The Wish Giver

[美] 比尔·布里坦 / 著
[美] 安德鲁·格拉斯 / 绘
隋荣谊 / 译

图书在版编目 (CIP) 数据

五毛钱的愿望/(美)布里坦(Brittain,B.)著;(美)安德鲁·格拉斯(Glass,A.)绘;隋荣谊译.
—天津:新蕾出版社,2011.4(2024.6重印)
(国际大奖小说)
书名原文:The Wish Giver
ISBN 978-7-5307-5058-2

Ⅰ.①五…
Ⅱ.①布…②格…③隋…
Ⅲ.①儿童文学–长篇小说–美国–现代
Ⅳ.①I712.84
中国版本图书馆 CIP 数据核字(2011)第 034184 号
THE WISH GIVER by Bill Brittain
Text copyright © 1983 by William Brittain
Illustrations copyright © 1983 by Andrew Glass
Simplified Chinese translation copyright © 2004
by New Buds Publishing House
Published by arrangement with HarperCollins Children's Books
ALL RIGHTS RESERVED
津图登字:02-2002-230

出版发行:天津出版传媒集团
　　　　　新蕾出版社
http://www.newbuds.com.cn
地　　址:天津市和平区西康路 35 号(300051)
出 版 人:马玉秀
电　　话:总编办(022)23332422
　　　　　发行部(022)23332351　23332679
传　　真:(022)23332422
经　　销:全国新华书店
印　　刷:天津新华印务有限公司
开　　本:880mm×1230mm　1/32
字　　数:80 千字
印　　张:4.75
版　　次:2011 年 4 月第 1 版　2024 年 6 月第 41 次印刷
定　　价:25.00 元

著作权所有,请勿擅用本书制作各类出版物,违者必究。
如发现印、装质量问题,影响阅读,请与本社发行部联系调换。
地址:天津市和平区西康路 35 号
电话:(022)23332677　邮编:300051

前言

一辈子的书

梅子涵

亲近文学

一个希望优秀的人，是应该亲近文学的。亲近文学的方式当然就是阅读。阅读那些经典和杰作，在故事和语言间得到和世俗不一样的气息，优雅的心情和感觉在这同时也就滋生出来；还有很多的智慧和见解，是你在受教育的课堂上和别的书里难以如此生动和有趣地看见的。慢慢地，慢慢地，这阅读就使你有了格调，有了不平庸的眼睛。其实谁不知道，十有八九你是不可能成为一个文学家的，而是当了电脑工程师、建筑设计师……可是亲近文学怎么就是为了要成为文学家，成为一个写小说的人呢？文学是抚摸所有人的灵魂的，如果真有一种叫作"灵魂"的东西的话。文学是这样的一盏灯，只要你亲近过它，那么不管你是在怎样的境遇里，每天从事

国际大奖小说

怎样的职业和怎样地操持,是设计房子还是打制家具,它都会无声无息地照亮你,使你可能为一个城市、一个家庭的房间又添置了经典,添置了可以供世代的人去欣赏和享受的美,而不是才过了几年,人们已经在说,哎哟,好难看哟!

谁会不想要这样的一盏灯呢?

阅读优秀

文学是很丰富的,各种各样。但是它又的确分成优秀和平庸。我们哪怕可以活上三百岁,有很充裕的时间,还是有理由只阅读优秀的,而拒绝平庸的。所以一代一代年长的人总是劝说年轻的人:"阅读经典!"这是他们的前人告诉他们的,他们也有了深切的体会,所以再来告诉他们的后代。

这是人类的生命关怀。

美国诗人惠特曼有一首诗:《有一个孩子向前走去》。诗里说:

有一个孩子每天向前走去,

他看见最初的东西,他就变成那东西,

那东西就变成了他的一部分……

如果是早开的紫丁香,那么它会变成这个孩子的一

The Wish Giver

部分；如果是杂乱的野草，那么它也会变成这个孩子的一部分。

我们都想看见一个孩子一步步地走进经典里去，走进优秀。

优秀和经典的书，不是只有那些很久年代以前的才是，只是安徒生，只是托尔斯泰，只是鲁迅；当代也有不少。只不过是我们不知道，所以没有告诉你；你的父母不知道，所以没有告诉你；你的老师可能也不知道，所以也没有告诉你。我们都已经看见了这种"不知道"所造成的阅读的稀少了。我们很焦急，所以我们总是非常热心地对你们说，它们在哪里，是什么书名，在哪儿可以买到。我就好想为你们开一张大书单，可以供你们去寻找、得到。像英国作家斯蒂文生写的那个李利一样，每天快要天黑的时候，他就拿着提灯和梯子走过来，在每一家的门口，把街灯点亮。我们也想当一个点灯的人，让你们在光亮中可以看见，看见那一本本被奇特地写出来的书，夜晚梦见里面的故事，白天的时候也必然想起和流连。一个孩子一天天地向前走去，长大了，很有知识，很有技能，还善良和有诗意，语言斯文……

同样是长大，那会多么不一样！

自己的书

优秀的文学书,也有不同。有很多是写给成年人的,也有专门写给孩子和青少年的。专门为孩子和青少年写文学书,不是从古就有的,而是历史不长。可是已经写出来的足以称得上琳琅和灿烂了。它可以算作是这二三百年来我们的文学里最值得炫耀的事情之一,几乎任何一本统计世纪文学成就的大书里都不会忘记写上这一笔,而且写上一个个具体的灿烂书名。

它们是我们自己的书。合乎年纪,合乎趣味,快活地笑或是严肃地思考,都是立在敬重我们生命的角度,不假冒天真,也不故意深刻。

它们是长大的人一生忘记不了的书,长大以后,他们才知道,原来这样的书,这些书里的故事和美妙,在长大之后读的文学书里再难遇见,可是因为他们读过了,所以没有遗憾。他们会这样劝说:"读一读吧,要不会遗憾的。"

我们不要像安徒生写的那棵小枞树,老急着长大,老以为自己已经长大,不理睬照射它的那么温暖的太阳光和充分的新鲜空气,连飞翔过去的小鸟,和早晨与晚间飘过去的红云也一点儿都不感兴趣,老想着我长大

The Wish Giver

了,我长大了。

"请你跟我们一道享受你的生活吧!"太阳光说。

"请你在自由中享受你新鲜的青春吧!"空气说。

"请你尽情地阅读属于你的年龄的文学书吧!"梅子涵说。

现在的这些"国际大奖小说"就是这样的书。

它们真是非常好,读完了,放进你自己的书架,你永远也不会抽离的。

很多年后,你当父亲、母亲了,你会对儿子、女儿说:"读一读它们,我的孩子!"

你还会当爷爷、奶奶、外公和外婆,你会对孙辈们说:"读一读它们吧,我都珍藏了一辈子了!"

一辈子的书。

The Wish Giver

目录
五毛钱的愿望

序　言	奇怪的小矮人	1
第一章	咕——呱呱——咕咕——呱呱	14
第二章	树人	58
第三章	水，水，到处都是水	95
尾　声	在司徒·米特的商店里	130

The Wish Giver

序　言

奇怪的小矮人

在巫师树村这个地方,人们对魔法并不陌生。我在这里所讲的,并不是一般的魔术:像从帽子里变出一只兔子,或从袖子里变出一枚硬币什么的,我指的是真正的魔法。

从殖民地时期起,新英格兰巫师树村这一带巫师便肆意横行。克敦·马瑟为了赶走他们,在塞伦进行了巫师大审判。我们村子南面十字路口旁有棵树,根藤盘缠、又高又粗,一群一群的巫师常常在这儿聚会——人们称之为巫师大聚会。我们村的名字就是由那棵大树而得来的。小鬼、魔鬼,还有所有撒旦鬼崽子,常在这儿出没,恐吓我们这些生灵,给我们带来瘟疫,并以此为乐。更可怕的是,有些村民还说他们在薄雾笼罩山脚时,看到鬼在村子周围行走,寻人索命。

然而,这些黑暗中的幽灵通常可以马上被识别出来,因为他们的样貌、声音、走动的姿势和他们藏身的

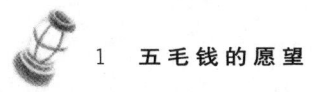

阴森的森林沼泽，所有这一切都昭示着他们的邪恶本质。

泰德司·布林是如此古怪，他身上并没有令人感到可怕或恐惧的地方——但你却一点儿也捉摸不透他。他看上去只不过像是一个很滑稽的小矮人。他是从何处来到巫师树村的，人们不得而知，但是传说他可以给人们想要的任何东西，只要你说出你的愿望……

我最好还是从故事的开头讲起吧。当然，波莉、罗威娜，还有亚当，是故事的主人公。他们各自都经历了整个事情的一部分，但是，只有我一个人知道整件事情的来龙去脉。我的名字叫司徒·米特。我受洗礼时的名字是司徒尔特·米德。但是小时候大家都叫我司徒·米特，因此人们至今仍然叫我司徒·米特。巫师树村杂货店是我开的。杂货店方圆几英里内人们讲述的事情迟早都会传到我的耳朵里。因此泰德司·布林的故事，以及他给我们这个平静的小村子带来的麻烦，最好还是由我来讲给大家听。

巫师树村总是在六月的第三个星期六，在教堂旁最大的草坪上召开教友联谊会。联谊会就像一次聚会，镇子里每一个人都应邀参加。村民在教堂附近摆了一些货摊儿：玛撒·皮博迪卖盒装的蜜糖点心；卢埃拉·奎恩抽彩出售她利用整个冬天缝制的被子；特威里戈尔

The Wish Giver

牧师大人支起了一个地秤，用它来测量人们的体重；还有其他一些类似的排档。

远处草坪的边上，是一片白桦树，白桦树旁有一块空地，"外地人"如果愿意交给教堂十块钱的话，就可以在那儿摆摊儿卖货。有一个女人有时在那儿卖帽子，她可以把你的名字绣在帽檐上；有一对夫妇摆了一个用气球投奖的摊儿，你可以花上一分钱投球，投中了就得奖。还有一次，有一个男人把碎玻璃片加热后捏成各种动物，你只要花上一两块钱就可以买到一个。

故事"五毛钱的愿望"，还得从一个星期六讲起。那天我正四处闲逛，在这儿品尝一块蛋糕，在那儿欣赏一些手工珠宝，看到乡亲们打扮得漂漂亮亮，我真是乐在其中。

起初那顶破旧不堪、霉迹斑斑的帐篷在一片白桦树下，看上去只不过像是一个盖着帆布的土堆而已。在这之前，我路过这里两三次，甚至还注意到了挂在帐篷前的那个小告示：

> 泰德司·布林
> 可以帮你得到
> 你想要的一切，
> 只收五毛钱！

不可能，我想，除非泰德司·布林能治好我那天气

泰德司·布林
可以帮你得到
你想要的一切，
只收五毛钱！

The Wish Giver

一变就痛的老腿，或者能让我那秃顶再长出头发。嘻，异想天开，根本不可能。就在我要离开的时候……

"无所不能，你知道吗？只要你能想出来你想要的任何东西，我都可以帮你得到。"

我转过身来，只见一个男人身穿白色西服、红色背心，胸前挂着一条又粗又黄的表链子。他长得又胖又矮，就像一个长了两条腿的大圆球。他那灯泡式的鼻子下留着长长的八字胡，八字胡的两端突然向上卷起，咧嘴笑时露出两排大牙。这使我想起圣诞老人，修了面、穿着夏装的圣诞老人。他撩起帐篷的帘子说：

"先生，我的名字叫布林。"他轻轻地拍打着他的帽子，"泰德司·布林，愿意为您效劳。"

事情就这样发生了。也许那时是我在幻想，或是灯光造成的幻觉。泰德司·布林的眼睛闪亮了一会儿，如同灯光照在黑暗角落里的猫的眼睛上一样。即使灯光消失了，布林的眼睛也还是与众不同。他的瞳孔像蛇的瞳孔，长长的，扁扁的，而不是圆圆的。

"司徒·米特，如果你现在不进来的话，今天晚上你就会琢磨我这个人，纳闷儿得睡不着觉。"布林又说。

听到这儿，我完全忘记了他的眼睛。"见鬼，你怎么知道我的名字？"我问他。

"想知道我是怎么知道的，很快就会告诉你的。"他

说着,指着帐篷示意让我进去。

破旧的帐篷内又阴又冷,里面充满了发霉的气味。一个长条凳子一直伸延到帐篷后,凳子上坐着三个人。

波莉,十一岁,坐在凳子的一头儿。波莉和她守寡的母亲住在镇子外的蜘蛛河桥那个地方。如果波莉住得离镇子近一点儿的话,或者经常接触镇子里的人的话,一定会有人因气急了狠狠地揍她一顿,或者至少给她戴上一个口罩。

这并不是因为波莉真的坏,而是因为她脑子里想什么嘴里就说什么,丝毫不考虑她所说的话是否会伤害到别人。波莉说自己这是诚实,但是,如果诚实起不到任何好的作用,反而惹人生气,伤人感情,那么,这种诚实就应该有个限度。然而波莉并不懂得这个限度。

坐在波莉旁边的是罗威娜·杰维斯。罗威娜是一个轻浮的女孩儿,十五岁就开始谈情说爱。她看上了亨利·派朴尔。亨利是卖农具的,一年来镇上两次。他总是给罗威娜飞眼儿,罗威娜也总是含情脉脉地与他眉来眼去,还在商店那落满灰尘的窗户上写下"亨利·派朴尔夫人"。如果让罗威娜从泰德司·布林那里得到一个愿望的话,那么她的愿望一定是要得到亨利·派朴尔。

离这两个女孩儿稍微远一点儿,坐着一个十六岁的男孩儿,名字叫亚当·费斯克。亚当的爸爸的农场是

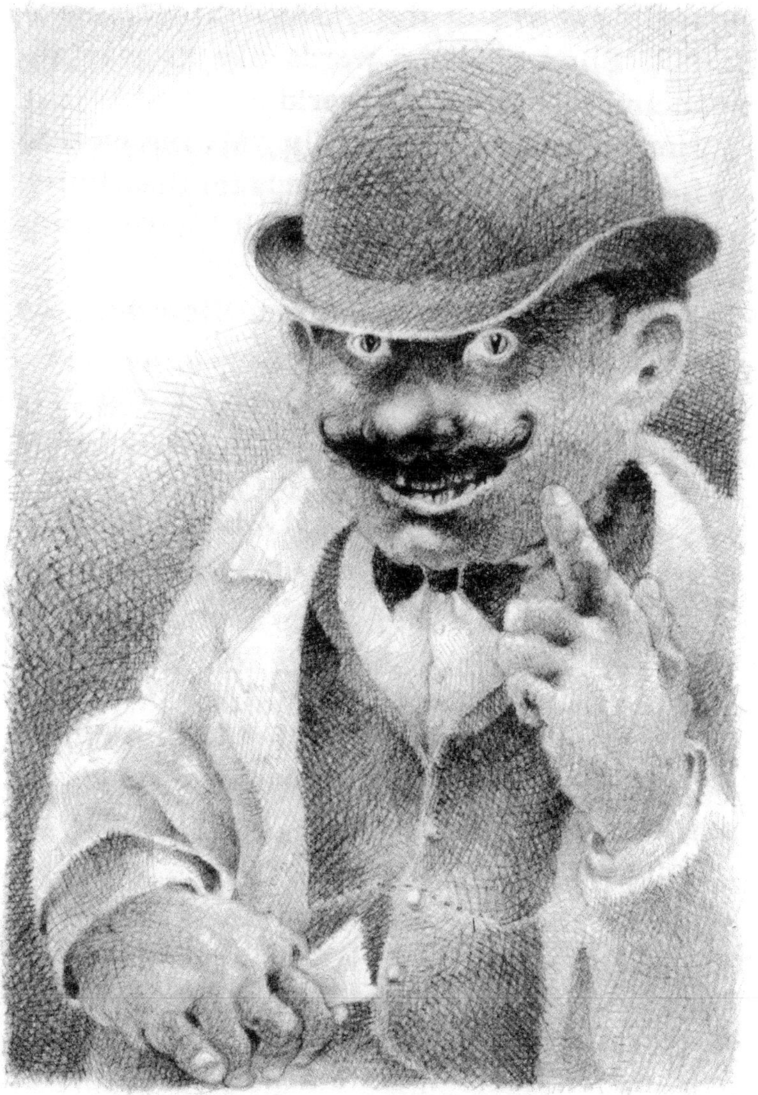

国际大奖小说

郡上最干旱的农场。遇到干旱季节,亚当得花费很多时间用四轮马车拉上木桶,到蜘蛛河去把水运回农场。三个星期一滴雨也没下了,现在亚当宁愿用他的一切只换取一杯水,一杯他可以不用从那该死的河里一路拖拉回来的水。

我坐在罗威娜和亚当之间。大家都抬头看着布林。这个矮小的人坐在帐篷的门口,看上去他非常希望有更多的顾客光顾他的帐篷。

"我在这儿等了快半个小时了。"亚当终于忍不住地说,"我们现在开始好吗,布林先生?"

"我也是这么想的,"波莉补充说,"我可不打算在这个臭气熏天的帐篷里坐上一整天。"

泰德司·布林放下帐篷帘子,把脸转向我们,看见只有我们几个人坐在那儿,脸上露出很不满意的表情。"唉!"他叹了口气,"那么多的人就是不相信我。"

"我也不敢说我就相信你,"罗威娜说,"我看到了那个告示,只是感到好奇便进来了。你卖的到底是什么东西,布林先生?"

"孩子,我卖的是愿望。"布林摊开两只手,好像是在说,这是秃子头上的虱子——明摆着的事。"你想要的任何东西——只要你能够想象得到的东西——你都可以得到!"

The Wish Giver

我们四人坐在凳子上你看我，我看你，波莉格格地傻笑。我想布林先生脑子可能有点儿毛病。

"我想得到一个愿望，"罗威娜说，"可是这听起来太……太不可思议了。"

"我就是做不可思议的买卖。"布林咧着大嘴笑着回答，"但是在开始之前，我要收一下费用。如果你们愿意，每人交五毛钱。"

"那么我们在这儿能买到什么东西呢？"我问。

"你会明白的，司徒·米特。"布林回答说，"我保证你肯定不会吃亏的。"

我们大家都很不情愿地把手伸进兜里，或者翻着钱包。布林在我们面前晃着他那如同教堂收钱盘子的手。他收完钱，把一把硬币塞进兜里。当他把手从兜里抽出来时，手里握着四张白色的小卡片。每张小卡片上都有一个红点。布林给我们每人发了一张。

"看来我的五毛钱能买的除了这张卡片，不会再有别的东西了。"我对亚当说。亚当哧哧地对着我笑。

"司徒·米特，那张卡片可以使你拥有不可思议的力量，支配整个宇宙！"布林说这些话时，好像在宣布世界末日降临似的。

"骗人！"波莉喊叫着，"我妈没日没夜地苦干，赚这五毛钱让我参加教会聚会。现在你把它拿去了，而我得

国际大奖小说

到的只是这张毫无用处的卡片。"

"毫无用处？"布林惊叫着，"你怎么敢这样说呢，孩子！"

"我真的想叫警察把你抓起来，送进监狱。"波莉又说，"你给我这张上面带着红点的不会说话的卡片，到底有什么用？"

"算了吧，布林先生。"亚当说，"你别指望我们会相信……"

"我非常希望你们能相信，"布林说，"你们知道，我是一时找不出更好的词——一个送愿望的人。更确切地说，我是能使人们的愿望得以实现的人。据我所知，世上再也没有第二个人能像我这样。"

"这么说，这些卡片可以使我们的愿望梦想成真了？"罗威娜问，"简直令人难以相信。"

"卡片会给你带来你心里想要的一切。"布林恼怒地说，为我们大家没人相信他这个小矮子而狂怒不已。"所有的东西：财富、美人、名声……只要你想要，这张卡片就可以给你带来。但每张卡片只能让你实现一个愿望，因此在许愿前一定要认真地想好啊。"

"我来告诉你我在想什么。"波莉声音尖尖地说，"我认为我们大家被骗了。如果你可以实现我们所有的愿望的话，这些卡片怎么会只卖五毛钱呢？你所做的这一

The Wish Giver

切都是为了……"

"我不缺钱,"布林打断她,"那只不过是我的顾客对我信任的一种象征。我渴望得到的只是尊重、感激和赏识。看看你们周围的人,想一想,今天参加联谊会的人中只有你们四个人比较好奇、比较有幻想,是的,甚至可以说比较敢于……听我讲述。唉,丢人呢,竟然这么看不起我的才能。"这番话,从泰德司·布林的嘴里一口气说出来,如同黄蜂从燃烧的蜂窝里飞出来似的。不过他最后还是振作起来,话说得也稍微慢了点儿。

"你们四个人信任我,你们会得到回报的。等你们想好了,你们只须把大拇指放在卡片的红点上,大声说出你们的愿望,愿望就会实现,记住每个人只能许一个愿。"

"那么我的愿望是想要得到……"亚当·费斯克开始说。

"等一下,小伙子!等一下!"布林提醒他,"别着急,多想想。"

波莉怒视着布林,嘴里嘀咕着,想要回她的五毛钱;罗威娜迟疑地凝视着卡片上的红点;亚当摇着头,悄悄地把卡片塞进兜里。布林低头凝视了我们一会儿,露出两排牙齿,微笑着,然后来到帐篷的门口,掀开门帘。

11 五毛钱的愿望

国际大奖小说

"现在你们得到了你们来这里想要得到的东西,"他语调平板地说,"我也该上路了。到外面去,请出去。你们都出去。"

我想我们四个人眼下的想法是一样的——泰德司·布林是一个口若悬河的骗子,在我们发现卡片不灵之前,他想离开巫师树村,逃之夭夭。

我们磨磨蹭蹭地走出帐篷,来到温暖的阳光下。"许愿时要特别当心,"布林在我们的身后喊着,"你们许下什么样的愿望,卡片就会实现你们什么样的愿望。"

"您尽可放心,布林先生,"亚当·费斯克说,"如果这卡片真灵的话,等你下次再来镇上的时候,我一定还会来找你,并且再买一张。"

"唉!"布林回答说,"每个地方我只去一次。而且我只去那些新地方,寻找那些新面孔。我们一旦分开了,永远也不会再见面了。"

布林啪的一声把帐篷的帘子撂下来,那动作就如同魔术师把东西变没时一样,就在这个瞬间,我又看到了布林那发亮的眼睛。从此以后,我们再也没见过这个奇怪的小矮子——泰德司·布林。

之后,我、罗威娜、波莉,还有亚当,都各自回家了。我回到商店,把卡片悄悄地丢在收银机的后面,留作五毛钱买的一份愚蠢的纪念。

The Wish Giver

每当我回到那熟悉的地方，我就情不自禁地暗笑自己，笑我在第一次见到泰德司·布林时那种敬畏的感觉。也许他听见有人在教堂的草坪上与我打招呼，因此知道了我的名字。他那发亮的眼睛只不过是借着阳光做出的一种骗术而已，他那奇特的体型正说明我需要戴眼镜了。

就在当天我把晚饭做好的时候，我已确信那个肥胖的、渴望取悦于人的泰德司·布林，只不过是一个诡计多端的骗子。他靠卖小白卡片和不可思议的梦想来赚钱糊口。一旦梦想实现不了，人们发现他的诡计时，这个狡猾的无耻之徒就远走高飞，投奔他乡。

但是泰德司·布林给我们讲述的故事是多么的奇特！他所讲的肯定说服了其他三个年轻人，使他们相信他所说的至少有些是真的。就在帐篷里的那一会儿，他差点儿使我也相信了……

国际大奖小说

第一章

咕——呱呱——咕咕——呱呱

在蜘蛛河岸上,波莉·凯穆正弯腰抓着一簇野香蒲叶子。勒兰·维克斯塔福和他的双胞胎妹妹勒诺拉站在波莉的两边,咧着大嘴笑着。波莉抓住那些叶子慢慢地向后拉。

那里有一只牛蛙,大小和汤盘差不多。牛蛙那光滑的绿色和黑色相间的皮在夕阳下闪闪发亮,一双大眼睛直盯着前方,喉咙下方松弛的皮开始膨胀起来,就像皮球充满了气似的,宽大的嘴巴张得大大的。

咕——呱呱——咕咕——呱呱!

"我就知道只要你用心找,就一定会找到牛蛙的。"勒兰开心地叫着,"波莉,你干得真漂亮!"

牛蛙受到惊吓,抬起头,突然伸开有力的后腿,跳到远处的河面上,扑通一声落入水中,不见了。

"我讨厌你,勒兰·维克斯塔福!"波莉怒吼着,"我花这么长时间才找到一只牛蛙,可你一下子就把它吓

跑了!我还想再观察一会儿,也许会看到牛蛙用长长的舌头抓苍蝇呢。可你却在这时候吼叫,把它给吓跑了。再说,天快黑了,没时间再找到另一只了。真是的,你怎么天生就这么笨呢。如果你的头脑是……"

啪!

一大块泥巴正好打中波莉的后背。波莉转过身来,看见勒诺拉正铲起另一块泥巴,向她猛地扔来。波莉及时地躲闪开来,啪的一声,泥巴落到了树上。

"勒诺拉,别打了!"她喊叫着,"我是在说勒兰呢,没说你。这太不公平了,你们俩总是一伙,不论什么……"

啪!

这次是勒兰打的。泥巴打在波莉的脚踝上,波莉感到泥土灌到她的鞋子里。

"勒诺拉,咱俩玩儿吧。"勒兰说,"就我们俩。"

"好啊,"勒诺拉回答道,"我们可以让波莉马上消失掉。"

"你们俩竟敢玩儿那种把戏!"

波莉看看维克斯塔福哥哥,又看看维克斯塔福妹妹。波莉很难辨认出谁是谁,特别是在这昏暗的光线下。他们俩都穿着方格衬衫和蓝色罩衫。两个人的脸上都有雀斑,而且头发的颜色也是一样的,都是成熟的麦子的颜色。唯一的区别就是勒诺拉的头发是编着的,而

国际大奖小说

勒兰的头发就像是有人把一个饭碗扣在他的头上,露在下面的头发剪得齐齐的。

勒诺拉、勒兰和他们的爸爸、妈妈,住在河下游大池塘旁一间破旧简陋的小棚屋里。兄妹俩平时在学校并不是很有名,但对巫师树村周围的山、树林、河流却很了解。如果有他们不了解的地方,那是他们认为那些地方不值得了解。平时他们就像狐狸一样怕人。但是与人一旦发生争吵或打架,你可不要指望只应付其中的一个就行了,你要应付的是他们两个人。勒诺拉的嘴和她哥哥的嘴一样灵,拳头也和哥哥的拳头一样,又狠又准。他们平常总是不与别人来往,只是乐意俩人互相陪伴。几个月前,波莉与他们交上了朋友,对此波莉感到非常高兴和自豪。

那天,波莉发现了一只断了翅膀的乌鸦。她抱着乌鸦回家,路上遇见了双胞胎维克斯塔福兄妹俩。

"波莉,你手里拿着什么东西?"勒兰问。

"受了伤的乌鸦。我打算想个办法把它断了的翅膀接上。然后,我就把它的舌头捻开……"

"捻开它的舌头?"勒兰惊叫着,"为什么?"

"我听人们说,如果你捻开一只乌鸦的舌头,它就会说话。我想试一试。"

"任何鸟如果你把它的舌头给捻开,它都不可能会

五毛钱的愿望

说话的,"勒诺拉藐视地说,"或许你会杀了它。勒兰,告诉波莉怎样把断了的翅膀接上。"

兄妹俩帮助波莉把乌鸦的翅膀固定好。他们用绷带把乌鸦的翅膀绑在它的身上,然后离开波莉的家,回自己家了。

第二天,波莉大吃一惊,勒兰和勒诺拉一大清早就来到波莉家,问乌鸦的情况如何。在接下来的几周里,他们带着波莉一起徒步穿越树林,今天发现一些蕨类植物,明天找到一棵蜜蜂在里面做巢的空心树。勒诺拉还教波莉如何用几根纱线绑在一只钩子上来钓鲑鱼。就在乌鸦的翅膀已经康复,并可以放回野外的时候,波莉和双胞胎兄妹已成了亲密的好朋友。

然而,有时波莉的嘴影响了他们的友谊。但是,当波莉口不择言伤害了双胞胎兄妹时,他们并不像村里的其他孩子,只是躲开波莉。勒兰和勒诺拉是一定要进行报复的。

有一次,在树林深处,勒兰假装他们迷了路,波莉气愤地抱怨着。就在波莉气急败坏地喊叫时,勒诺拉偷偷地溜到波莉身后,把一条绿色的小蛇放到她的衬衫领口里。还有一次,一只黄蜂蜇了勒诺拉,她痛得直叫,波莉笑她,兄妹俩就把她抓起来扔到了河里。

这次,他们向她扔泥巴。他们现在站在树林边,勒

兰咧着嘴对他妹妹笑。

"离开这个地方好吗,勒诺拉?"他说,"只有我们两个人。"

"当然好了,"勒诺拉回答说,"不带波莉·凯穆,让她一个人喋喋不休地唠叨去吧,讨厌死了。"

"你们之间说话就像我离你们很远似的,"波莉生气地说,"我现在就站在你们眼前,跟你们说话呢!"

"你听到什么动静了吗,勒诺拉?"勒兰问。

"是的,"妹妹答道,"肯定是沼泽地里的一只牛蛙在叫。"

"我不是……"波莉怒吼着,但是很快她的声调就改变了。"我不想让你们生我的气。"她又温柔地说。

"那只牛蛙还挺通人情的。"勒兰说。

"我……我很抱歉我刚才用那种态度对你们说话,请你们回来吧。"

勒诺拉转过身来。"好吧,我会回……那不是牛蛙在叫,勒兰,是波莉·凯穆。你在这荒郊野外干什么呢,波莉?"

波莉知道这对双胞胎在取笑她,但是她一句话也没说,她不想被他们甩开。

"我在教友联谊会上没看到你们俩,"她又开始讲话了,"我到处找你们呢。"

The Wish Giver

"我们没去。"勒兰告诉她说,"人们都想让你在聚会上花钱。我没有钱,去那儿不自在。"

"我不喜欢让那些穿着华丽服装的女孩儿笑我,因为我能穿出去的只是这件外套儿。"勒诺拉说。

"如果你想告诉我们有关聚会的事,我们会听的。"勒兰尽力表现得有点儿不耐烦,但是波莉可以看得出他们非常想听聚会上发生的一切。

"那是卖中档货的集市,"她开始说,"靴子真的很漂亮,还卖很多其他好东西。但是大部分人和往常一样,不是非常傲慢,就是目中无人,好像我根本不存在似的。皮博迪夫人,就因为我说了她卖的点心吃起来好像咬上了沙发垫子,就大发脾气。"

双胞胎兄妹哈哈地笑着。勒诺拉把鼻子向上一翘,"我想,"她边说边装出一副很富有想象力的模样,"阿加沙·本多和尤妮斯·英格索尔一定也在那儿。"

"别说了,勒诺拉!"波莉有点儿生气,语速很快,"就因为我要和阿加沙还有尤妮斯交朋友,你们就拿我开心,这没道理!"

"那两个人没什么了不起的,只不过是两个穿了满身花边的讨厌鬼!"勒兰说,"如果我们给她们看我们在树林发现的东西,或者走上去跟她们说话,她们马上就变得傲慢起来,简直目中无人!"

国际大奖小说

"你以为她们会想看你发现的那只牛蛙?"勒诺拉补充道,"我想她们不会的。看上一眼,她们就会把鼻子翘到天上,马上溜开,还把花边裙子提得高高的,生怕弄脏了她们的裙子。你不是她们那种人,你应该为此感到庆幸。"

"她们根本不可能花费那么多的时间陪着你。"勒兰说,"我真不明白你为什么还跟在她们屁股后面,追那两个高傲自大、自命不凡的小东西。"

"她们是有身份的人!"波莉说,"而且还很有钱。我希望将来有一天也像她们那样,住进巫师树村最大的房子里,买我想要买的一切东西,还有……"

"你的脑袋是出毛病了吧?"勒兰郑重其事地说。

"我没有。你们会明白的。"

"阿加沙和尤妮斯太笨了,不会享受到树林、小河还有我们喜欢的东西给我们带来的快乐。"勒诺拉把头一抬,鼻子哼了一声说,"她们就喜欢坐在丝绸垫子上,谈论最时髦的服装,喝着淡茶,还有……讨厌!快点儿,勒兰,我们回家吧。"

他们走开了,留下波莉一个人站在红色的夕阳里。

波莉回到家里时天已经黑了。她走进客厅,妈妈正在为巫师树村的那些没时间、也没有能力的夫人们缝补衣服裙边。她抬起头,看着波莉。

The Wish Giver

"你回来晚了,"凯穆夫人说,"勒兰和勒诺拉好吗?"

"那两个该死的家伙,我才不管他们怎么想。别人想什么我都不管,我就是要跟阿加沙和尤妮斯交朋友,即使把我杀了我也要。若是和她们交了朋友,人们坐在一起的时候,就会注意到我,一定可以!"

第二天是星期天,巫师树村的每一个人都穿上漂亮的衣服来到教堂。妇女们穿着鲜艳的套装,男人们穿着西服,戴着领带,有人不时地拽拽紧巴巴的领子。

阿加沙·本多看上去漂亮得很,足以取悦天使的心。她的头发卷着,穿着一件带花边的新套装,腰上扎着一条粉色宽丝带,上面还嵌一个黑色蝴蝶结。

礼拜进行得非常顺利,特威里戈尔牧师大人讲道布法肯定能把恶魔吓得心惊胆战,跑得远远的。可还没过多长时间,麻烦就来了。当阿加沙出来的时候,波莉就在她的后面。

阿加沙匆忙地走下楼梯与尤妮斯·英格索尔打招呼。这时波莉伸出手,抓住她粉色衣服的花边,哧的一声,声音很大。阿加沙站在楼梯下面,衣服花边被波莉扯破了。波莉站在最上面,手里还攥着一大块丝带。

如果你当时看到波莉的样子,就会感觉到她对自己所做的事情是多么的抱歉。她张开嘴,但是一句话也说不出来。

接着，阿加沙跑上来，打了波莉一个大耳光——非常狠！

"阿加沙，我……我……"

波莉说不出话来，阿加沙却能说出来。"你这个可恶的东西！"她啐了波莉一口，说："你把我漂亮的衣服给扯破了，你……你这个脏兮兮的流浪儿！你是最可恨的……"

"阿加沙，如果你只会……"

"不！"阿加沙用手指着波莉，如同她举着枪瞄准似的。"你是个卑鄙无耻的东西，波莉·凯穆！你是个卑鄙无耻的东西！你是最令人讨厌的东西！这个镇子里没有人想与你在一起！离我远点儿，听见了没有？滚开！"

阿加沙走开了，扔下波莉站在那儿，眼睛红红的，几乎要哭出来。她只不过是想成为阿加沙的朋友……可现在事情闹到了无法挽回的地步。

波莉整天闷闷不乐地待在家里，妈妈怀疑她是不是得了什么病。天黑了，波莉蹒跚地走进了她的房间做作业去了。外面，就在蜘蛛河的下游，牛蛙开始唧唧咕咕地叫起来。

呵——唧咕！呵——唧咕！

对波莉来说，这声音就像是：阿——加沙！阿——加沙！

The Wish Giver

接着一只牛蛙嘶哑地叫着,就像猛地拉了一下大提琴的弦似的。

咕——呱呱——咕咕——呱呱!

波莉坐在椅子上,突然站了起来。她走到窗户旁的桌子前。桌子上有一张上面带有红点的卡片,这张卡片是她从教堂聚会回来后扔在桌子上的。

在昏暗的光线下,波莉拿着卡片在手里翻过来,翻过去。啊,这真是太傻了。她竟然为此付出了五毛钱。泰德司·布林告诉过她,不论她想要什么,她都会得到。不妨试一下,难道还会有什么坏处吗?

她小心翼翼地把右手拇指放在了红点上。"我非常非常想被大家喜欢,"她温柔地说,"不仅仅只被勒兰和勒诺拉喜欢。我想让大家都跟我打招呼,而不是一看见我就躲到一边。尤其是想让阿加沙·本多邀请我去她家喝茶。"

"这就是我希望得到的,能使我的愿望得以实现的先生大人,我非常渴望人们会注意到我,看到我并向我微笑。而且我希望很快有一天,阿加沙会邀请我去她家。我知道我很傻,泰德司·布林只不过是一个骗子,我还相信他,可是……"

波莉突然丢下卡片。这太怪了。拇指碰到红点感到了热,几乎热得烫人。她低头看着地板,一股气从她的

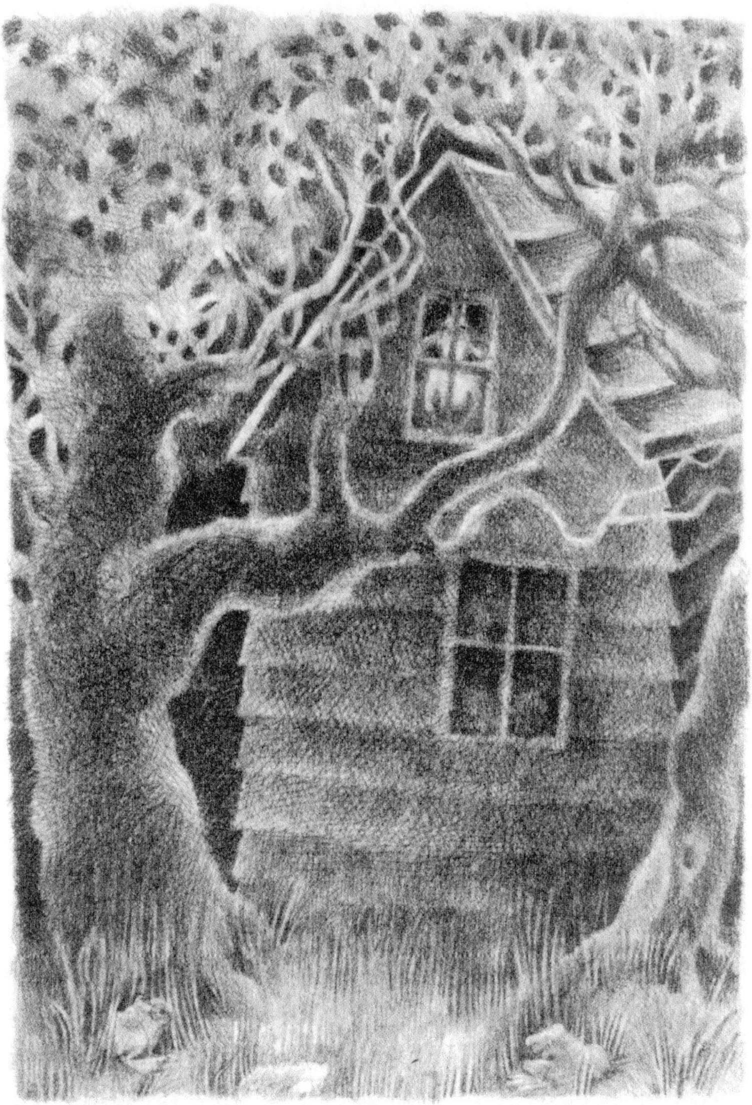

The Wish Giver

喉咙里涌出来。

卡片掉到了床底下,掉到灯光无法照到的地方。在黑暗处,卡片上的红点闪闪发光,就像燃烧的煤块似的。

在窗户外面,仍然可以听到牛蛙的叫声。

呵——唧咕!呵——唧咕!

阿——加沙!阿——加沙!

咕——呱呱!

那天晚上,波莉在床上翻来覆去地睡不着。她满脑子都是阿加沙和那扯破了的衣服。蜘蛛河下游的牛蛙仍然在一声高一声低地叫着。凌晨时分,波莉才打了个盹儿。

当她睁开眼睛时,她有点儿不相信已经八点钟了。她还没睡醒,眼睛里好像是有沙子似的。波莉洗洗脸,梳梳头,穿上衣服,感觉糟透了。她踉踉跄跄地走下楼梯,来到厨房。

凯穆夫人见到女儿这般心情,摇了摇头,叹了口气,希望波莉上学前不要总是抱怨。波莉看了一眼土司和鸡蛋,一言不发地开始吃起来。

"妈妈,土司真是太恶心了,全都烤焦了,而且……"

"咕——呱呱——咕咕——呱呱!"

真见鬼,牛蛙怎么能进到房子里来?凯穆夫人纳闷

儿。怎么听上去好像就在厨房里。

"咕——呱呱——咕咕——呱呱!"

凯穆夫人的眼睛落在了波莉身上。波莉挺胸抬头笔直地坐着,一只手放在喉咙上,看上去好像要喊叫,但发出的声音却是:

"咕——呱呱——咕咕——呱呱!"

波莉的妈妈气得直摇头。"现在你可以停下来,不要再叫了,小姐!"她说,"今天你学牛蛙叫,我也不会不让你上学的。以前你告诉过我多少次你生病了,然后……"

"咕——呱呱——咕咕——呱呱!咕——呱呱——咕咕——呱呱!"

"够了,波莉!"

"咕——呱呱——咕咕——呱呱!"

"好哇,如果你想成为一只牛蛙,你去做一只牛蛙好了。但是得把早餐吃了,然后上学去!"

波莉还没闹明白是怎么一回事,她已经站在前门的台阶上,穿着外衣,腋下夹着书包。妈妈随后把门嘭的一声关上了。

波莉拖着脚步往学校走去。想对自己说话时,嘴里却发出牛蛙那嘶哑的声音。她怕得要死,真不敢相信所发生的一切。

The Wish Giver

"咕——呱呱——咕咕——呱呱!"

当她走到半路上时,听到身后有跑步的声音。她转过身来,看到是亚当·费斯克。她希望亚当只是走过去,什么话也不要说,但是当他来到她身旁时,却放慢了脚步。

"早上好,波莉!"亚当说,"今天过后,在期末考试开始前,我可以有几天的时间不用上学了。你觉得如何?"

波莉一点儿也不高兴,高年级的学生真幸运。可她还得天天去上学。

"咕——呱呱——咕咕——呱呱!"

"你别跟我来这套,波莉·凯穆。"亚当告诉她。

"咕——呱呱——咕咕——呱呱!"

亚当停下脚步,仔细打量着波莉。"嗨,你学得不错,听上去非常像牛蛙。"

"咕——呱呱——咕咕——呱呱!"

"我还有别的事情要做,不能光跟只会学牛蛙叫的人讲话了。"亚当说,"再见了,牛蛙。"他急匆匆地朝前走去。

当波莉来到学校操场时,她看到的第一个人就是阿加沙·本多。阿加沙站在秋千附近贴着尤妮斯·英格索尔的耳朵低声地说着什么。尤妮斯比划着,阿加沙转

过身来。她对着波莉做了个鬼脸,然后伸出舌头。接着,她和尤妮斯胳膊挽着胳膊,挺胸抬头地走了,把一句话也说不出来的波莉丢在了后面。

这太不公平了!波莉想到这儿,感到非常痛苦。她并不打算抱怨什么,也不想说些不中听的话。而她只想告诉阿加沙,她把她的衣服扯破了,她是多么的难过。但是她能做的只是低声地叫,如果这两个女孩儿听到她叫,她们一定会大笑的。波莉想,如果是那样的话,她是无法忍受的。

"一旦你把嘴闭上,不说话,"她听到有人说,"你就不会惹麻烦。那对你是有好处的,波莉。"

是勒诺拉·维克斯塔福还有勒兰和她在一起。波莉想要说话。

"咕——呱呱——咕咕——呱呱!"

"你叫得非常像牛蛙,"勒兰露着两排牙齿笑着说,"你在哪里学的,波莉?能教我们吗?"

"咕——呱呱——咕咕——呱呱!咕——呱呱——咕咕——呱呱!"

"勒兰在和你说话呢,波莉,"勒诺拉说,"难道你不能跟他说点儿别的,别只是一个劲儿地叫,好吗?"

"咕——呱呱——咕咕——呱呱!"

勒兰和勒诺拉惊奇地你看看我,我看看你。他们把

The Wish Giver

波莉领到操场的一个安静的角落。"说点儿别的,波莉,"勒兰用平静的声音命令她,"比如……你叫什么名字?"

"咕——呱呱——咕咕——呱呱!"

"算了吧,波莉,"勒兰说,"别再开玩笑了。"

"她不是在开玩笑,你这个笨蛋。"勒诺拉告诉哥哥,"没人会脸上流着泪水开玩笑。波莉,发生了什么事情?"

"咕——呱呱——咕咕——呱呱!"

"给,擦一擦眼泪。"勒诺拉从兜里掏出一块手帕,开始在波莉的脸上擦。

在学校的门打开的时候,勒诺拉和勒兰紧靠着波莉站着,假装是在和她谈话,听她讲话。就在老师默拉丝考小姐要点名的时候,波莉走进教室。

"罗伯特·阿普顿?"

"到。"

"阿加沙·本多?"

"到。"

波莉低着头,痛苦地盯着地看。很快就要叫到她的名字了,她得回答。她已经想象到全班同学会大笑了。

"尤妮斯·英格索尔?"

"到。"

国际大奖小说

"波莉·凯穆?"

波莉非常紧张地挥挥手。默拉丝考小姐正好看到她在座位上。也许老师不会问……

"波莉·凯穆?"默拉丝考小姐看着手里的点名册,抬起头。"波莉,"她说,"规定是很明确的,如果想要在点名册上标出是出席了,当我叫到你的名字时一定要回答'到'。"

波莉一声不响地点了点头。有一个男同学格格地笑了一声。阿加沙·本多凑近尤妮斯·英格索尔。"这还是第一次看到波莉什么话都不说。"阿加沙告诉龙妮斯。

波莉听到这番话,也顾不得考虑嘶哑的叫声了。

"到!"波莉大声地回答。默拉丝考小姐点了点头,继续喊着名字。

波莉无法相信眼下发生的一切。不管怎么说,她又可以说话了!整个上午,波莉都没有说很多话。即使说了,也是小声耳语。但是嘶哑的叫声似乎已经完全消失了。就在要吃午饭的时候,她交给默拉丝考小姐各州首府名字的考试卷子,她仅仅答错了两个。

在操场上,男同学们争秋千的争秋千,抢跷跷板的抢跷跷板。看到这些,波莉非常生气。她刚要大声喊叫,让他们让给女同学们玩儿一会儿,突然,勒兰·维克斯

The Wish Giver

塔福抓住她的胳膊,把她领到操场的角落,勒诺拉坐在那里。

"你看上去比蛇患了牙痛的样子还要难看。但是先不要喊叫。也许喊叫是使你的嗓子发不出声音的首要原因。"

"我非常高兴,一切都过去了。"勒诺拉说,"嘶哑的叫声是什么时候开始的,波莉?"

"今天早上,"波莉回答说,"我正在吃早饭,就在我抱怨我妈妈把土司烤焦的时候,突然……"

"要是我抱怨我妈把土司烤焦的话,她会打我屁股的。"勒兰说。

"你先让嗓子休息一下,波莉。"勒诺拉说,"默拉丝考小姐说,你整个上午都表现得非常有礼貌,以前从来没有见到你表现得这样好。"

波莉笑了,她很希望听到默拉丝考小姐对她的表现很满意。

午饭后是数学课。这是波莉最擅长的课。

阿加沙·本多被叫到前面,在黑板上做一道乘法题。在写数字的时候,她的手直发颤。大家都知道阿加沙对数学一窍不通。

"7乘以7等于77。"阿加沙自言自语地嘟哝着。

波莉举起手。"7乘以7不等……不等于……77,"她

说,"等于49。"

"很正确,"默拉丝考小姐说,"有人做得比你好,阿加沙。"

阿加沙悄悄地回到了自己的座位上。波莉把身子向前靠了过去,拍拍她的肩膀,安慰她。

"不要难过,"波莉说,"任何人都会犯……"

"难道你就不能不说话,你……你这个小刺猬!"阿加沙小声地说着,"也许你的数学好,但你仍然还是一个没有用的东西,而且永远都是!"咳,这下可伤了波莉的心!没有人——没有任何人那样说过波莉的。

"阿加沙·本多,你这个低能儿!"波莉大声地喊着,根本不在乎大家听到,"你一点儿人情味儿都没有!"

"咕——呱呱——咕咕——呱呱!"

教室里人人都在找牛蛙在什么地方。

"咕——呱呱——咕咕——呱呱!咕——呱呱——咕咕——呱呱!"

大家又在找!

"是波莉·凯穆!"教室最后一排有一个瘦得皮包骨头的男孩叫着,"波莉听上去就像一只牛蛙!"

其他同学也都用手指着她笑。波莉无法忍受这一切。

"咕——呱呱——咕咕——呱呱!"她大声喊。

The Wish Giver

笑声和嘲讽声越来越大。

"别闹了,马上停下来!"听到默拉丝考小姐的声音,学生们变得鸦雀无声。

"波莉,你那样嘶哑地叫是故意的吗?"老师问。

波莉摇摇头。"咕——呱呱——咕咕——呱呱!"

"到讲台来,波莉。"默拉丝考小姐说。

默拉丝考小姐让她早点儿回家休息。波莉蹒跚地走上了回家的路。当她到家的时候,她交给妈妈一封默拉丝考小姐写的信。凯穆夫人读完信后,问了波莉几个问题,但是得到的回答只有一个:

"咕——呱呱——咕咕——呱呱!"

凯穆夫人让波莉喝了些热茶,然后让她上床睡觉,并说如果第二天早上还不好的话,她就去请大夫。

波莉躺在床上,身上盖着厚厚的被子,使劲地琢磨着所发生的一切。她想了将近一个小时,可是没有得出任何结论。"我……我从来也没有想学牛蛙叫。"她小声地说。

她坐了起来,看着远处墙上镜子里自己的影子。她又说出话来了,她真的又说出话来了!

"妈妈!"她喊着,"妈妈,牛蛙的声音没有了,我又可以说话了!"

凯穆夫人跑了过来。"一定是喝了我给你的茶,"她

说,"浓茶对身上所有的病都有好处。"

这一天剩下的时间里波莉的话说得都很流利,单词就像翻筋斗似的从她的口中迸出来。

放学后,维克斯塔福兄妹俩来看望波莉。

"牛蛙的叫声没有了,"她告诉他们,"我好了。"

"好了?"勒诺拉怀疑地说,"也许吧。"

"不是也许,"波莉说,"听我说话。"

"波莉,早晨到学校时你嘶哑地叫,"勒诺拉说,"接着你可以说话了,然后你又犯了,说起话来就像牛蛙的叫声一样。"

"但是现在叫声完全没有了,"波莉说,"我现在好多了。"

"嘶哑的叫声犯过两次,"勒兰说,"当然了,你是绝对不想再犯的,但谁能保证它不会再犯呢?"

勒兰说得对!叫声也许会再犯的!

"唉!"波莉叹息着。

"另外还有一件事,"勒兰说,"最好由你来告诉她,勒诺拉,是你听到的。"

"什么事?"波莉问。

"啊,"勒诺拉讲道,"放学后,我无意中听到阿加沙和尤妮斯在一起说话,她们要策划什么事情,波莉,是与你有关的事情。她们在商量如何报复你把阿加沙的

The Wish Giver

衣服扯破了,还有你在学校对她们所说的话。"

听到这儿,波莉高兴的感觉没有了。牛蛙嘶哑的叫声可能随时都会犯的。最重要的是,阿加沙和尤妮斯正在策划与她作对。

那天夜里,波莉躺在床上,一直都在哭,枕头都湿了。突然她转过头来,听着什么声音。

这声音她以前也常常听到。但那时,声音是从蜘蛛河方向传来的。而现在,这声音就在窗户外面。

唧咕——哇——唧咕!唧咕——哇——唧咕!

"咕——呱呱——咕咕——呱呱!"

牛蛙!有好几千只。从声音来判断,这些牛蛙就在外面的院子里,每一只都在用不同的声音向她叫着。

唧咕——哇——唧咕!唧咕——哇——唧咕!

"咕——呱呱——咕咕——呱呱!"

整夜波莉都是翻来覆去的,梦见的都是牛蛙,黏糊糊的牛蛙从窗户上爬了进来,它们钻到波莉的毯子下面,依偎在她的身旁。

天刚蒙蒙亮,波莉就醒了。牛蛙早已回到了沼泽地。房间里仅有的光亮是从窗户照进来的破晓的微弱之光。

波莉坐在床上,抓住被子,围着脖子。自从她记事以来,这是她第一次打心底感到害怕。昨天有两次,她

能发出的声音只有牛蛙那深沉的咕——呱呱——咕咕——呱呱!直到现在她仍然害怕张口,生怕从她的嘴里发出牛蛙的声音。

为什么会发生这种事呢?她从来没有听说过这种病,而她也认为自己精神没有错乱。

"多么可怕啊。"她轻柔地说。在深深地吸了一口气后,她感到有点儿解脱。至少是现在,她还有说话的能力。

但是她不能这样生活下去,不时地发出咕——呱呱——咕咕——呱呱声,而且不知道什么时候会发出来。这里一定有什么原因。如果她能把这原因找到,也许就找到了解决的办法。

因此,那天早上波莉在去学校的路上,向她见到的每一个人打招呼。这使人们感到非常吃惊,因为这不像波莉·凯穆,一声"喂"令人感到这么愉快。他们不知道这是她想树立自己恢复说话能力的自信心的一种方式。

勒兰和勒诺拉在操场上等她。"看来你的牛蛙叫声并不是巫师树村这个地方唯一的怪事。"勒兰说。

"我们夫了罗威娜·杰威斯家后面的林地,"勒诺拉接着说,"罗威娜起来得很早。"

"让我来说吧,"勒兰打断了勒诺拉的话,"你知道吗,波莉,罗威娜站在她家后面的那排小树林中间,她

The Wish Giver

好像在和什么人讲话。但是就我们所见,没有任何人和她在一起,只有一些树。你能想象到有人竟然站在那儿和树讲话吗?"

这对波莉来说听起来的确有点儿怪。教堂聚会时,她们在布林的帐篷里曾待在一起,那时罗威娜看上去非常好。什么东西会使她和树闲聊呢?

怪……真是莫名其妙……

到学校的学生越来越多。他们开始围住波莉,希望她能再次发出牛蛙的声音。但是当他们听到她说话正常时,便很失望地离开了,有的去荡秋千了,有的去打滑梯了。默拉丝考小姐课上三次叫波莉回答问题,波莉三次回答得都很正确。上午的课程很快就结束了。

午休的时间到了。午饭后,所有学生都来到操场上,波莉想要荡秋千。但是当她来到秋千旁边时,两个秋千都被人占着。查理·皮博迪在荡着一个,阿尔弗莱德·戴卫斯在荡着另一个。波莉站在一旁排队等着。但是查理和阿尔弗莱德待在秋千上,荡啊,荡啊。他们不时地看看波莉,用手捂着嘴偷偷地笑她,他们有意识地要激怒她。

查理对她喊道:"我敢说你非常喜欢荡秋千,波莉,对吗?但是今天你是别想了。也许明天你也别想了。我们这些男学生需要秋千,你以为你是谁,只不过是个不

会说话的毫无用处的女孩子!"

波莉再也听不进那些话了。"查理·皮博迪!"她喊叫着,她气愤极了。"你是什么东西,只不过是一大堆肉!还有你,阿尔弗莱德,你也是!如果你们两个笨蛋不让……"

"咕——呱呱——咕咕——呱呱!"

波莉用手轻轻地拍拍自己的嘴。太晚了!操场上的人都朝她看过来。就在这时,默拉丝考小姐急匆匆地跑到波莉的身旁。

"你没事吧?"老师问。

波莉不知道是该尽力说话,还是只要点点头。突然勒诺拉·维克斯塔福出现了,她站在那里小声地和默拉丝考小姐说着话。

"波莉不会马上就消气的,"勒诺拉说,"但是如果大家离开她,让她自己单独待一会儿,她就会好的。"

"啊,我……" 默拉丝考小姐开始有些怀疑,接着她点点头,"那很好,勒诺拉。"

勒兰走上前把波莉领到了操场角落的长凳上坐下来。"我们会照顾她的,小姐。别担心。"勒兰说道。

这时其他同学都被赶到操场的另一边。双胞胎维克斯塔福兄妹俩让波莉平静下来,等待她愿意听他们想要告诉她的事。

The Wish Giver

"勒诺拉认为她知道什么事情使你开始像牛蛙叫，"勒兰说，"可我认为好像不是，但是……咳，你跟她讲，勒诺拉。"

"波莉，"勒诺拉说，"你告诉过我，第一次发生这种事是在昨天早上吃早餐的时候，当时你在抱怨你妈妈把土司烤焦了。"

波莉点点头，想尽力忍住，不让眼泪掉下来。

"在你抱怨时，你可能说一些非常恶劣的语言，波莉·凯穆。"

波莉还记得她当时对土司烤焦了是多么的恼火，她当时跟妈妈说……她点点头，对自己所做的一切感到十分惭愧。

"而第二次，"勒诺拉继续说，"当时你正要对阿加沙·本多说她是……"

"没有用的东西……"波莉还清楚地记得当时说的那些泄愤的话。

"难道你不明白吗，波莉？刚才就在你告诉查理和阿尔弗莱德你是怎样看待他们的时候，叫声又出现了。看来好像每次你开始痛斥别人时，有一种力量使你的声音变高、变短促，因而使你发出像牛蛙的叫声，而不是在说话。"

"然而，好像过一会儿，"勒兰说，"事情逐渐平静下

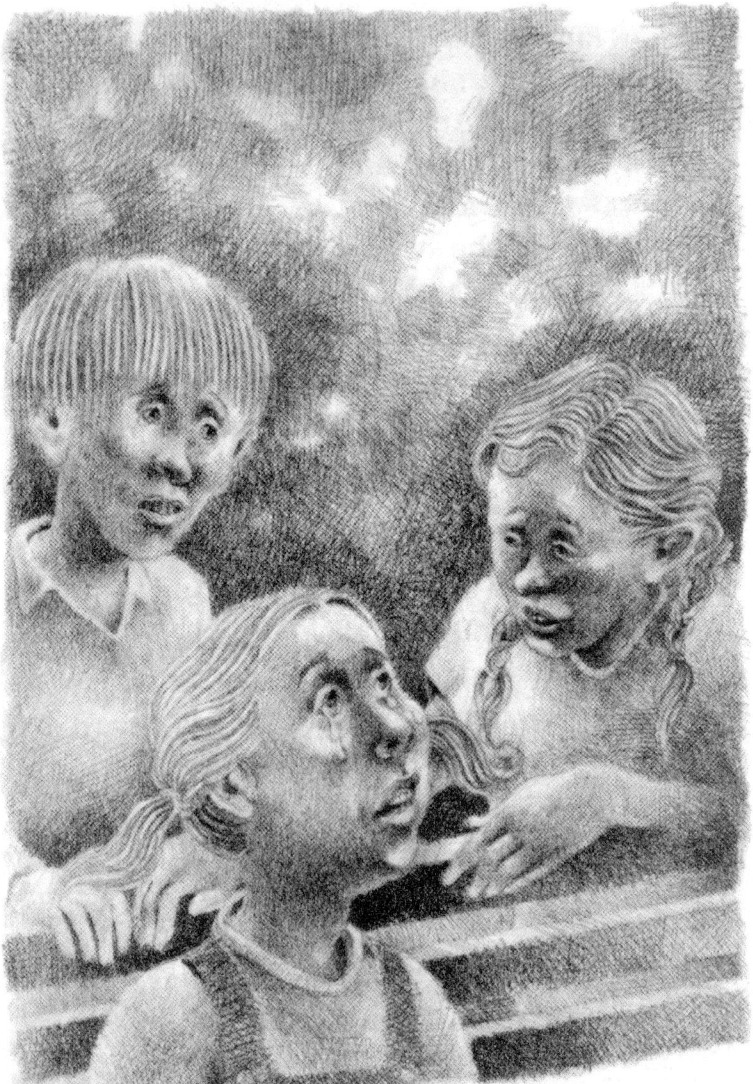

The Wish Giver

来后,你又可以说话了。"

波莉看看勒诺拉,又看看勒兰。这不可能!还有什么其他的解释吗?

"麻烦的是,"勒兰说,"现在还无法说出是什么东西使你变成这样。你总是脑子里想什么,嘴里就说什么。漫骂怒斥人已经多少年了,但是这是第一次……"

然而波莉知道现在不同了。她回忆起星期天晚上,当时她压着红点许愿。她当时说什么来着?

"我希望人们能注意我,而且见到我时向我微笑。"

这部分已经实现了,非常正确。当波莉在学校开始发出咕——呱呱——咕咕——呱呱时,她已经得到了很多的注意。比她想要得到的还要多。至于微笑,大部分的学生都已经大声地笑她了。

但是,她的另一部分愿望是:……不久的一天,阿加沙会邀请自己去她家。

波莉想至少这一部分愿望是不会成为现实的。也许往好处想的话,如果去了阿加沙家,在阿加沙家里发出像牛蛙的叫声,阿加沙和尤妮斯要是再像在学校里那样大声地笑她,她真的不知道如何是好。

想到过去发生的一切,波莉头晕目眩。她情不自禁地在想,从今以后事情会变得怎样呢?退回她想要得到的愿望是不可能的。泰德司·布林已经离开了巫师树

村，永远不会再回来了。她会永远地像现在这个样子，得被迫向人们说些甜言蜜语或恭维之类的话，不论那些人有多么的讨厌。如果不那样做的话，就会再次发出那可笑的声音。

午饭后，波莉又能说话了。默拉丝考小姐仔细地打量着她，甚至还让她背诵绕口令，然后才让她回到座位上去。整个下午，波莉坐在那里一声不响。她在反思她的愿望，是她的愿望使事情变得一塌糊涂。

也许她要告诉阿加沙·本多，她对自己的所作所为是多么的后悔；也许泰德司·布林会可怜她并收回魔力。这只是一丝渺茫的希望，但至少比没有好。

问题是怎样来跟阿加沙说呢。阿加沙在学校肯定不会跟波莉讲话，去阿加沙家里看她也是不可能的事。除了尤妮斯·英格索尔以外，再也没有其他任何孩子去过那座大房子里面。这两个女孩儿常坐在一起品茶，吃小点心，样子可真优雅。

她们喝茶前，总是先吃点儿小点心。她们每天都买一些新鲜的小点心。在回家前，阿加沙总是在巫师树村唯一卖点心的地方——司徒·米特商店停下来。

放学后，波莉冲出教室，以最快的速度穿过操场。她想办好所有她要办的事情，但是不管她如何想方设法，结果总是令她失望。

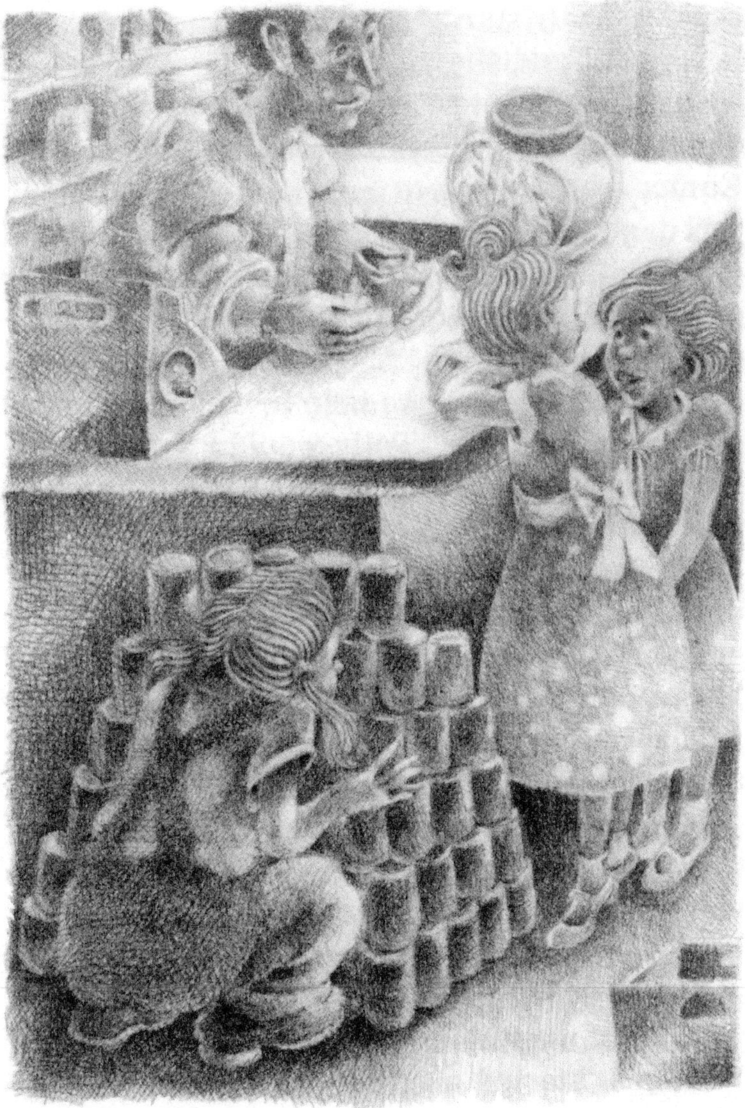

波莉第一个来到商店。当阿加沙和尤妮斯闲聊着走进商店的前门时,她躲在罐头食品柜台的后面。就在她们俩买点心时,波莉打起精神准备站出来,出现在她们面前。

就在她刚要鼓足勇气上前打招呼时,突然听到阿加沙和尤妮斯正在聊着有关自己的事情。

"我不知道她到底怎么了,"阿加沙说,"像牛蛙那样地叫,而且是在学校。真是难以想象!你认为她是有意那样做的吗?"

"我想她是无法控制自己的,"尤妮斯边说边格格地小声笑着,"在波莉发出那种叫声时,她不想让人们那样地笑她。"

阿加沙咧着嘴笑道:"我真是等不到星期四了。"

"你认为她会接受你的邀请吗?"尤妮斯问。

"她一定会的。很久以来她就非常想到我家,而且想得要死。"接着,阿加沙开始贴在尤妮斯的耳朵上小声地说起来。

"永久地解决她……一定很有意思……我妈妈肯定会……"

"太棒啦!"尤妮斯最后说。两个女孩儿开始格格地笑,就像两个小淘气鬼。

波莉从商店的后门溜了出去。她知道她和咕——呱

The Wish Giver

呱——咕咕——呱呱是这两个女孩儿笑的原因。嗜,她死也不愿意让阿加沙和尤妮斯通过羞辱她而得到满足。

接着,波莉的倔强占据了上风。不,她会接受邀请的,即使她们准备羞辱她。她要让她们看看,她可以成为一个真正优雅的女孩儿,即使因此她会像牛蛙一样叫到头发花白。

她围着商店跑了一圈儿,进了前门,四处看着,好像是刚从学校来到这里。"喂,阿加沙……尤妮斯。"她尽可能有礼貌地打着招呼。

两个女孩儿好像见到很久没见面的朋友似的,与她打着招呼。"见到你真是太好了,波莉。"阿加沙大声说道。

"你看上去好多了。"尤妮斯附和着。

"有件事我一直想问你,波莉,"阿加沙说,"我想现在是时候了。"

这么说,不管怎样,愿望的最后一部分就要实现了,波莉想。但是她紧闭着嘴,尽量不动声色。

"问我?问我什么,阿加沙?"

"波莉,亲爱的,星期四你是否愿意和我还有尤妮斯一起喝茶?放学后,到我家,好吗?"

第二天——星期三——波莉拿定主意,即使是杀了她也要表现得友好。任何人再也无法让她再说那些不

中听的话,别想让她再像牛蛙一样地叫。

她来到操场上见到的第一个人是奥利维亚·海德克尔。当波莉向她走去的时候,奥利维亚开始躲开她。

"我很喜欢你身上穿的这件衣服,奥利维亚,"波莉说,"肩上那些蕾丝边真漂亮,都是你自己缝的吗?"

"你听着,波莉·凯穆,正是因为我缝得胜过……"接着奥利维亚脸上露出了一种奇怪的表情,"什么……你说什么?"

"我说我喜欢你的衣服。蕾丝边、式样,你穿上去很相配。不是谁都能做得这样好的。"

"哎……怎么这件破东西?"奥利维亚把裙子展开让波莉看,"没什么,做这条裙子用不了多长时间。不管怎么说,你赞美这条裙子真是太好了。"

波莉继续往前走,留下奥利维亚一人不解地直摇头。那是奥利维亚有生以来第一次听见波莉说这样亲切的话。她到底是怎么了?

甚至连查理·皮博迪和阿尔弗莱德·戴卫斯也摸不清波莉到底是怎么回事。他们占据了秋千,而且不打算让给别人。

"我敢说,现在你一定非常想荡秋千,波莉。"阿尔弗莱德荡着秋千向她猛扑下来时讥讽地说,"但是我和查理是不会让给你的,也不会让给别人的。"

The Wish Giver

"公平,这很公平,阿尔弗莱德,"波莉告诉他,"你是第一个来的,因此我认为你愿意荡多长时间就荡多长时间。"她继续往跷跷板走去,身后留下了两个感到非常意外的男孩儿。

那天早上,波莉拿定主意要在默拉丝考小姐的课上对所有的同学都要好好儿说话。快到中午的时候,不论是男同学还是女同学都在纳闷儿:波莉·凯穆到底怎么了?中午在操场上,亚迪·加得夫和卡伦·沙请波莉和他们一起玩儿扑克牌。贾尼斯·朴洛克多很想知道波莉是否会帮助她学习多位数的除法。

只有阿加沙·本多和尤妮斯·英格索尔离得远远的。整整一天,她们都在等待波莉像牛蛙一样地叫。

但是她们没有等到。

放学后,波莉和维克斯塔福兄妹俩一起往家走。波莉突然有一种感觉,她觉得自己有生以来从来没有像今天这样快乐过,但她又情不自禁地想,明天到阿加沙家时能不能管住自己的嘴。

第二天早上,波莉起得很早。她用了很长时间来打扮自己,然后下楼来。"哎呀,波莉,"在她坐下来吃饭时,妈妈说,"你把礼拜天穿的最好的衣服都穿上了。你真的想穿着它上学去吗?"

"不只是穿着上学,妈妈,"波莉回答说,"阿加沙·

国际大奖小说

本多今天邀请我到她家去聚会。"她边说边行了一个小小的屈膝礼。

"哦?全班都去吗?"

"不,只有我和尤妮斯·英格索尔。"

"嗯哼!"凯穆夫人用鼻子哼了一声,她对阿加沙和尤妮斯有自己的看法。

那天早上在学校里,尤妮斯和阿加沙首先找到波莉。"我希望你没有忘记我们的邀请。"阿加沙说。

"没有忘,我会去的。"但是波莉在考虑阿加沙为什么要说"我们的邀请",好像她和尤妮斯是孪生姐妹或者别的什么关系,她们俩谁都不能离开谁,一个不在,另一个就什么也干不了。

那天上午有两次,下午还有一次,波莉看到她们俩头挨着头,正指着自己嘿嘿地笑,就像是一对鬣狗,可她们以为波莉没有注意到她们。放学后她们三个人在司徒·米特商店买了些小点心,然后来到阿加沙·本多家。

本多夫人在门口迎接她们,她的面孔使波莉想起荷兰的一种黑白花牛。本多夫人俯视波莉的目光就如同她发现自己的冰淇淋碟子里飞进了一只苍蝇一样。

"嗨!是波莉·凯穆!"她说。她撅着嘴,好像吃了一口青柿子似的,看上去令人生厌。"我没想到你会到这儿

The Wish Giver

……到这儿……"

波莉习惯性地想回敬她几句不中听的话,但是话到嘴边又咽了回去。当她跟本多夫人说话时,脸上的表情非常坦然。

"太太,我知道我把阿加沙的衣服扯破了是很糟糕的事,对此我表示歉意。我希望这件事没有给您带来太多不快。如果有什么事情我做了能使您感到宽慰一些,我愿意为您效劳。"

这番话讲得既简洁又漂亮,本多夫人听得大吃一惊。她以为嘴巴刻薄的波莉·凯穆会说出一番大相径庭的话来。"没有……没有……波莉,"她的话里带有一些疑惑,"一点儿关系也没有。几分钟的针线活儿,缝几针就好了。请进,请进来。"

波莉走进房间。她听到身后的阿加沙和尤妮斯在小声地说:

"我从来没有见过波莉表现得这么好,这么有礼貌。"听得出阿加沙的声音里有点儿担忧。

"她到底是怎么一回事?"尤妮斯又问。

她们来到厨房,三个女孩儿在大餐桌边坐了下来。本多夫人用茶壶烧水,把点心摆在盘子里。

茶水很快就准备好了。波莉喝了一小口,非常烫。她擦了擦嘴。

"你不喜欢这种茶吗,波莉?"阿加沙假笑道,"这是乌龙茶,是从中国直接运过来的,价格贵得可怕。"

"还不错,"波莉回答说,"非常像我妈妈冲的那种茶。只不过她冲的要比这浓。"

"哎哟,我的宝贝儿!"阿加沙说,"你可不能用你妈妈的茶和这种昂贵的茶相比。也许只有真正优雅的女孩儿才会品尝茶中的清香。你不这样认为吗,尤妮斯,亲爱的?"

波莉尽力微笑着。"我相信你说的是对的,阿加沙,"她说,"我没有时间来训练自己成为一个真正优雅的女孩儿,但是我希望你们俩能教我如何做一个优雅的女孩儿。"

阿加沙和尤妮斯你看我,我看你,俩人大为吃惊。邀请波莉的唯一目的就是要激怒她,那样她就会表现得像个傻子,到那时她们便可以开怀大笑了。要是走运的话,还会听到她咕——呱呱——咕咕——呱呱地叫,就像在学校那样。但是波莉表现得总是那么冷静、心平气和、彬彬有礼。阿加沙决定再试一次。

"我非常喜欢你的新衣服,亲爱的尤妮斯。"她傲慢地说,"所有的花边和丝带都是今年最流行的款式。当然有些人根本就不懂得什么叫款式。"讲到这里,她两眼盯着波莉。

The Wish Giver

没想到波莉应对自如。"我是非常想赶时髦的，"波莉说，"可我妈妈给我做衣服穿，她太忙了，所以没法去赶时髦。但是你的衣服看上去的确很漂亮，尤妮斯。"

两个女孩儿都不知道该说什么好了。波莉的话里没有侮辱尤妮斯的地方，这令阿加沙无从挑剔。而尤妮斯对波莉的这番赞扬却非常高兴。

"放学后你通常都干什么，波莉？"阿加沙问。接着她又对尤妮斯眨了眨眼。

"放学后我通常和维克斯塔福兄妹俩在蜘蛛河边玩儿。"波莉回答说，"那里有一个小池塘，每年春天池塘里都有很多蝌蚪。随着时间的推移，你可以看到小蝌蚪长出了腿，然后就变成了青蛙。我喜欢观察它们的变化。"

阿加沙做了个鬼脸儿。"嘿！蝌蚪和青蛙都是令人讨厌的东西！"

"还有勒兰和勒诺拉，他们也令人讨厌。"尤妮斯补充说。

"啊，河边还有花儿呢。有印度天南星，有安尼女王丝带花，还有……"

"种花人直接把花儿送到我们家里来。"尤妮斯把头向上一昂说。

"嗯嗯，"波莉拼命控制着自己别把心里话说出来，

"那你们俩都干什么呢?我是说,你们喝过茶,吃完点心后?"

"我们做刺绣。"阿加沙说。

"我们还练习说外语,"尤妮斯说,"我的法语说得相当好。"

"我们还上钢琴课。"

"有教养的女孩儿做的事我们都做。"阿加沙归纳道。

"那很好啊……真的不错。"波莉说,"可是你们就不喜欢出去做点儿别的什么事吗?"

阿加沙和尤妮斯吃惊地互相看着。"别的什么事?比如什么?"

"嗯……"波莉想了一下,"哦,就在上个月,勒诺拉·维克斯塔福还教我怎样捉鲑鱼来着。你们俩捉没捉过鲑鱼?"

尤妮斯看上去吃了一惊。她说:"捉鲑鱼?"

"当然了,那很容易。你躲在水边,就躲在有大鲑鱼藏身的地方。那儿的水到你肚子那么深。"

两个女孩儿听到"肚子"这个词时夸张地皱了皱鼻子。

"你把手慢慢地伸进水里,一点点儿地移动着,直到你能感觉到鱼鳍就在你的手掌里。然后,嗖的一下,你

The Wish Giver

迅速抓住那条鲑鱼,把它扔到岸上,这条鱼就成了午餐了。"

"多么可怕的事!"阿加沙娇滴滴地说。

"多么粗野!"尤妮斯叹息道。

"我认为这很有意思,"波莉说,"而且勒兰还答应教我怎样扔棒球,如何将球扔出后在空中划一道弧线,这里面是有很多学问的。"

"真正优雅的女孩儿是不会去捉鱼的。"阿加沙肯定地说。

"而且真正优雅的女孩儿是不会去打……棒球的。"尤妮斯说这话时的口气就好像打棒球是一种疾病似的。

波莉瞪着眼睛凝视着阿加沙和尤妮斯,那种眼神好像是第一次见到她们似的。她想起从前,她愿意付出一切来换取到阿加沙家做客,而现在她就在阿加沙的家里,可是这一切并不像她想象的那样使她感到愉快。而是……而是令她感到非常厌烦,就是这样。

所有的时间都被浪费掉了。那些她可以交很多真正朋友的时间却浪费在想方设法奉承这两个玩偶似的、谁也离不开谁的女孩儿的身上了。如果不是被波莉刻薄的嘴吓跑,奥利维亚·海德克尔早就是波莉的朋友了,还有乐意看树丛里漂亮的伞状菇的贾妮斯·朴洛克多、弹弓比任何男孩儿射得都准的卡伦·沙,就连查

理·皮博迪和阿尔弗莱德·戴卫斯,如果她能给她们一半的机会,她们都会成为她的朋友。

突然波莉想回家,或者到河边,或者到镇子上转转,或者到其他任何地方,总之只要不待在本多家厨房的餐桌前,和两个自命不凡的女孩儿在一起就行。她们认为自己是真正优雅的女孩儿,而实际上她们恰恰是世界上最坏的势利小人。

波莉站了起来。"我想我该走了。"她说。

"你不能走!"阿加沙大声喊起来,"等我们……"

"我想什么时候走就可以什么时候走。如果是以前,我想让你请我到你家做客,我恨不得爬着来。但是那个时候已经过去了。现在我就是我自己。我该向你们道别……你们两个'优雅的女孩儿'……再见了。"

说完,波莉大步朝前门走去。本多夫人正站在前门。

"再见,波莉。"她说,"请再来。"

"我的确很感谢您的好客,夫人。但是我想我不会再来了。"

"可是,为什么不再来呢?难道你今天玩儿得不开心吗?"

"玩儿得……很有意思。我想阿加沙和尤妮斯,她俩都认为自己是真正优雅的女孩儿。但是我必须告诉您,本多夫人,我希望自己永远也不要成为她们那种优雅

的女孩儿。"

本多夫人还没来得及说话,波莉已经走出了房门。

她跑呀,跑呀,一直跑到蜘蛛河对岸的树林深处。她四处看看,发现一棵空心树。她把嘴对着树窟窿,然后声嘶力竭地喊着。

"阿加沙·本多!尤妮斯·英格索尔!你们两个生来就没长脑子。外面有这么大的世界等着你们去看、去享受,可你们俩想做的只是看看杂志上的图片、喝茶,还有吃小点心。优雅的女孩儿?你们俩不是优雅的女孩儿!你们俩是可怜的、不幸的女孩儿!树林里最低级的动物在这里都比你们生活得丰富多彩,而你们的生活永远也不会丰富多彩,你们简直就是……"

"咕——呱呱——咕咕——呱呱!"

现在她又被魔力控制住了,只能像牛蛙一样叫。尽管这样,波莉仍然感到以前从来没有这么高兴过。她向蜘蛛河投了一块石头,只是因为她喜欢听石头落到水中的扑通声。然后她爬到一棵柳树的高处,向远处本多家的房子望去,阿加沙和尤妮斯正站在前院里。对波莉来说,她们看上去就像一对小蚂蚁。她再也不需要那两个人了。现在她自由了!波莉站在高处高兴地喊着。

"咕——呱呱——咕咕——呱呱!咕——呱呱——咕咕——呱呱!咕——呱呱——咕咕——呱呱!"

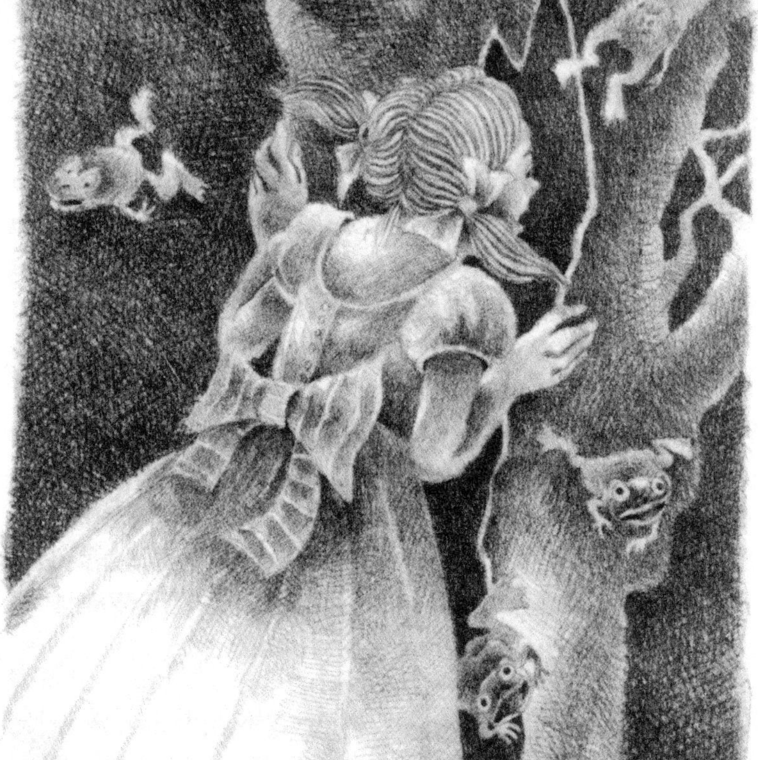

The Wish Giver

然而,晚饭后波莉就不那么高兴了。妈妈进城去买线了,因为城里的商店很晚才关门。波莉坐在前门的台阶上,双手托着下巴。"看来,从现在起我只能说一些好听的话了,"她悲哀地自言自语说,"但是天知道我会不会在不该说的时候说出一些粗鲁的话来。嗜,从今以后情况会怎样呢,让人们笑话我像沼泽里的动物一样地叫?总之,就怪那个该死的老泰德司·布林!那头肥胖矮小的野猪不该蠢到让我得到那种愿望。他真是太……"

"咕——呱呱——咕咕——呱呱!"

有几只牛蛙回应着。波莉非常庆幸周围没有人听见。现在她真的不知道怎么办才好。

只能是一个愿望——那是泰德司·布林当时告诉那些坐在帐篷里的人的。波莉琢磨着她听到的有关罗威娜·杰维斯跟树讲话的事情,不知这是否也与愿望有关。

如果能找出办法跳出困境,最好还是让一个比波莉本人更聪明的人来做。但是到哪儿去找又聪明又有见识的人呢?

接着波莉叹了口气。不管怎么说,也许会有办法的,如果要有……波莉很快地站了起来。她开始散起步来,但她的步子迈得越来越快,一会儿她便用尽全身的力气跑了起来。她跑向巫师树村,那里的灯光在黄昏中一闪一闪的。

国际大奖小说

第二章

树　人

教友联谊会那天,罗威娜·杰维斯同家人一起回到家里。她一进门就急匆匆地跑上楼,来到自己的房间。她把从泰德司·布林那里得到的带红点的卡片放进床边桌子上的黑檀木盒子里,然后看着墙上的大日历。

第二天是星期天,是用红笔圈着的。就在这个日子上面,罗威娜工工整整地写着:

亨利·派朴尔

"亨利就要来了。"她边叹气边自言自语地说。当她爸爸出门到谷仓去照看牲畜时,她听见爸爸把楼下的后门砰的一声关上了。厨房里有嗡嗡声。萨姆·卫克斯曼,一个雇来干活儿的男孩儿,正在打扫地下室,杰维斯夫人在一旁检查他的活儿干得怎么样。

罗威娜非常恼火。她想和妈妈单独谈谈,不想让萨姆在跟前。她尽可能地把其他事情搁在一边。如果她的想法能实现的话,她就得马上去和妈妈谈,明天就太迟

The Wish Giver

了。

她往楼下走时,很想从楼梯的扶手上滑下去,但她没有那样做。那是小孩子做的事。她已经十五岁了,应该顾忌点儿面子。

她妈妈和萨姆坐在餐桌旁。杰维斯夫人喃喃地跟萨姆说着什么。"是的,夫人。"他回答着,点头时,他那浓密的、乱蓬蓬的红头发来回抖动着。

萨姆又高又瘦,看上去就是腿和胳膊显眼,真不知道它们是怎么长到那细长的身体上的。但是他能在农场里干男人干的活儿。他和杰维斯一家人一起吃饭,住在谷仓外的一间小屋子里。

罗威娜一点儿也不喜欢萨姆。萨姆今年十七岁了,有自己表达思想的方式,但罗威娜对他非常反感,有时对他还非常粗鲁。萨姆只不过是个乡巴佬儿,和亨利·派朴尔完全不一样。

"妈妈。"她温柔地说。

"哦,罗威娜,"妈妈说,"什么事?"

萨姆站了起来。"我最好还是到谷仓帮助杰维斯先生干活儿去,"他说,"这样你们俩可以单独在一起谈话。"

"萨姆·卫克斯曼,你就待在这儿。"杰维斯夫人说,"克利夫顿说你打扫地下室的这两天不用你帮他,他自

己能干得了。事情马上就可以解决,罗威娜要告诉我的事情不会用很长时间。什么事情,孩子?"

"我……"她开始说,"妈妈,亨利·派朴尔明天来镇上。"

杰维斯夫人深深地吸了一口气。"我想他会来的,"她说,"每年两次,就像时钟,准得很。永久农具公司派那个亨利·派朴尔带着产品目录到处转悠。结果呢,你爸爸的播种机、耕田机还有干草耙越来越多,长期丢在那里,根本用不上。"

"妈妈,"罗威娜说,"亨利从来没有卖给人们他们不需要的东西。"

"没有?嗐,你只看到他有时在沿街叫卖。在农工的妻子和长大成人的女儿面前卖弄风情,用下巴抚弄婴儿,谈论他去过很多遥远的地方,见过很多世面,所有这一切都是为了兜售他的工具和机器。我告诉你,亨利·派朴尔有本事把死人都说活了。嗐,幸亏他只在这里待三天,真是谢天谢地。"

"妈妈,别这么说!亨利非常老练,也非常世故,只有非常特殊的人才能赏识他。"

杰维斯夫人瞪着眼怒视着她的女儿:"罗威娜,听上去你好像爱上了那个家伙。你还太小,这种荒唐事你甚至连想都不应该想!"

The Wish Giver

"我已经十五岁了,妈妈。再有七个月我就十六岁了。而且我……我……"

"哦,继续说,罗威娜。你想问我的是什么事情?"

"嗜……你知道亨利每次来我们镇,都住在米梓·巴岚鼎公寓。"

"是的。他还能住到别的什么地方吗?"

"我……我在想,他这次是否能住在这儿呢?"

萨姆喷了个鼻息,就像马在高兴时发出的声音。接着,他用手捂住嘴格格地直笑。

"萨姆·卫克斯曼,你别再笑了!"罗威娜两手叉着腰,眼里闪烁着愤怒的目光。

"罗威娜,你和那个家伙有关系了,对吗?"萨姆说。

"没有,我没有!"

"有,你有。记得去年秋天有个星期天他来这儿吃晚饭吗?也许你没有想到我注意到你们俩在桌子底下拉手,还有那些他跟你讲的事情!"

萨姆竭力模仿着亨利·派朴尔的口气。"哦,圣路易斯和波士顿很有意思,"他还模仿着亨利的手势,"唯独在纽约市,不论什么东西,只要有的,那里立刻便会出现。"萨姆拉着罗威娜的手。"罗威娜,"他嘲讽地低声说,"我们将在夜里三点钟时一起上街散步,那感觉就像在月球上,到处都是星光。想想看,你穿着最漂亮的衣服,

国际大奖小说

挽着我的胳膊,在百老汇大街上逛,只有我们两个人,抬头看着比巫师树村最高的松树还要高五倍的高楼大厦,然后在豪华的饭店吃饭,你可以吃到你能想象到的任何食物。啊,罗威娜!我亲爱的!"

萨姆非常有力地、而且非常响亮地吻了一下罗威娜的手。罗威娜迅速地把手抽了回来。萨姆讲的这番话都是亨利曾经说过的,听上去是那么的动听。然而现在却是萨姆在拿整件事情开玩笑。

"萨姆·卫克斯曼,你立刻把嘴闭上!"罗威娜厉声说道,"我不想再谈这件事了。"

"而且我不想再谈论亨利·派朴尔住在这座房子里,待上三天,跟你眉来眼去的,罗威娜。"她妈妈说。

"夜里在纽约市到处闲逛,亨利还睡不睡觉了?"萨姆又在说。

"如果你再多说一句,萨姆,我就……"

"你们两个都别说了!"杰维斯夫人命令道,"亨利不能住在这儿,绝对不行!"

罗威娜突然离开了厨房,回到楼上自己的房间。这很不公平,她一下子扑到了床上。真够坏的了,亨利每年只来巫师树村两次。至少爸爸妈妈能让他住在这儿,我想看到他就可以看到他。

罗威娜趴在床上,幻想着,如果亨利愿意住在巫师

The Wish Giver

树村这个地方,那该多好啊!那样她就可以每天看到他了。接着她闭上了眼睛,脑海里浮现出亨利的形象:他穿着条纹西服,黑头发整齐地垂下,那么帅,那么优雅。

接着形象变了。她脑海里浮现的形象不再是亨利。

是泰德司·布林。

"你想要什么我都可以给你。"布林的告示上写着的。罗威娜知道她想要什么。她想更经常地看到亨利,而不是一年只有几天能看到他。

她睁开眼睛。就在离她几英寸的地方,在床头柜上放着一个黑檀木盒子。她打开盒子,拿出带红点的卡片,然后站了起来,走到衣柜旁,把卡片放进她最好的衣服里。

"我们会看到我们要看的东西,"她自言自语地说,"只要亨利一到这里。"

第二天,做完礼拜后,罗威娜走出教堂,在教堂的前面摘花,突然听到有人在路那边喊。

"喂,杰维斯家!有人吗?"

是亨利·派朴尔!罗威娜喜极而泣。她朝着自家的大门跑去,边跑边叫着他的名字。"嗨,我……你回来我真是太高兴了!"她说。

"我不会离开的,可爱的小姐,"亨利深深地鞠了一个躬,"我一下火车,就先到这儿来了。"

国际大奖小说

罗威娜都快高兴得晕过去了。这时她听到身后传来了说话声。

"你先到这里,哼!那你怎么可能不带任何行李,只提着装目录和订单的手提箱呢?不,你先在米梓·巴岚鼎住下了,梳洗了一番,你的头发还是湿的呢。"

哦,该死的萨姆!罗威娜会杀了他!

"萨姆·卫克斯曼,你呆呆地站在这里看着两个老朋友重逢,难道你就没有别的更好的事要做?"

"有,我想有的。"萨姆上下打量着亨利,"你们站在这里谈话和我没关系,那是和亨利有关的。"他离开他们,向谷仓走去。

"不要再提萨姆了。"罗威娜甜蜜地说,"你进来,亨利。也许你可以待到吃晚饭。"

"也许我会的,亲爱的。我有一整套新的机械流水线,想给你爸爸介绍介绍。"

罗威娜撅着嘴,板着脸,但却很迷人。

"和你爸爸谈完之后,也许我可以和你单独在一起说几句话。"亨利说到"单独"这个词时,罗威娜觉得好像有蝴蝶在心里飞似的,激动得心怦怦直跳。

亨利在罗威娜家待了一整天。下午大部分时间他是和杰维斯先生在一起的。他们在前厅里谈论有关机械的问题。还没等到晚上,罗威娜就让亨利到她那里去了。他

The Wish Giver

们坐在后面的大门廊里,看着就要落山的夕阳。

罗威娜真可谓喜忧参半:喜的是她现在和亨利在一起,当然很高兴;忧的是想到再有两天亨利就要离开巫师树村,心里又不是滋味。

"过了明天,我就可以不去上学了。"她满怀希望地说,"苏珊娜·哈斯克尔星期二要举行晚会。我想也许你可以……我是说,我们可以……"

然而亨利只是大声地笑。"你这个傻瓜,"他拧着她的鼻子说,"如果永久农具公司发现他们最好的销售员去参加晚会,而不是去做生意,他们会怎么想呢?"

罗威娜叹了口气。她相信亨利是喜欢她的。如果他能说出来他喜欢她该多好啊。

"天马上就黑了,"亨利说,"我最好还是回米梓·巴岚鼎公寓吧。"

"你不能再稍微多待一会儿吗?"罗威娜恳求道。

"我想你爸爸很想让你进屋,让我走。我从后院走就可以了。等明天吧,罗威娜。"

没等罗威娜说话,他就走出了门廊。

再过两天,亨利又要离开六个月。想到这儿,罗威娜真不敢再往下想了。她从她那最好的衣服兜里掏出她昨天放进去的卡片。她用拇指紧紧地按住那个红点许愿:"我希望……我希望亨利·派朴尔会在巫师树村扎根,永

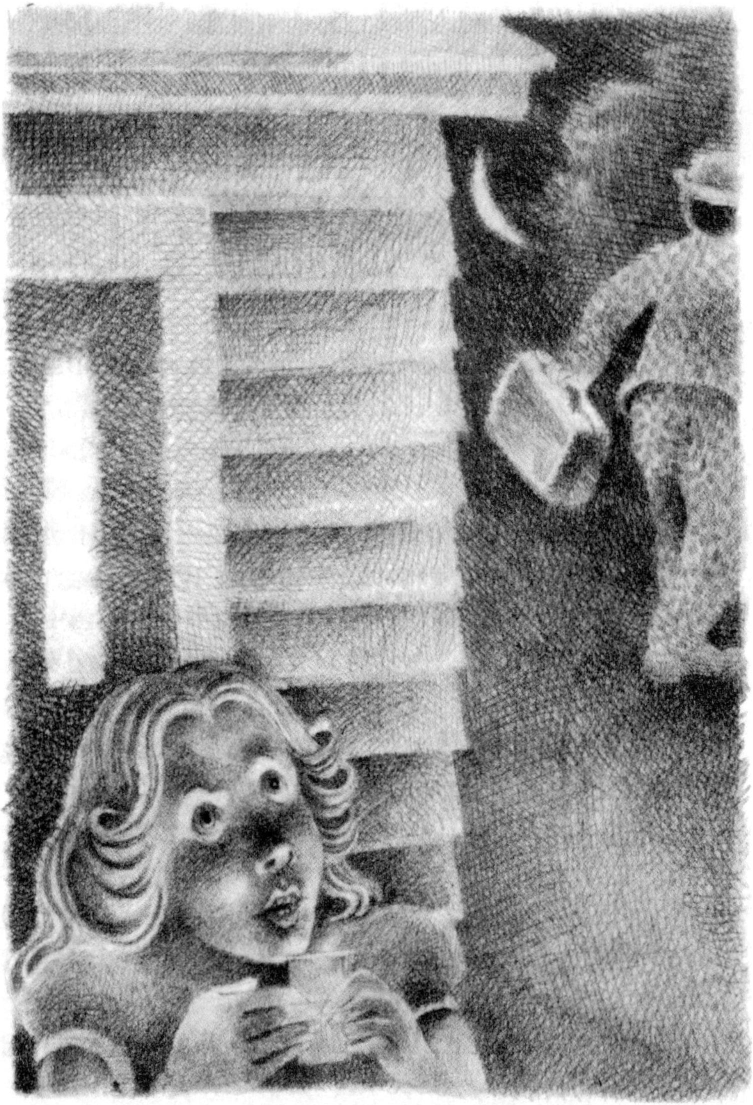

The Wish Giver

远不再离开!"

她的拇指突然感到卡片上的红点在发热。

亨利早已消失在黑夜之中。在这个平静的夜晚,罗威娜听到瑟瑟的风声。风声中还伴有呼噜声、呻吟声和喘粗气的声音,这些声音好像是从一大片树林后面的草坪那边传过来的。起初罗威娜以为是被树枝挂住的动物发出的声音。

但是,随后她听到的声音比耳语声大不到哪儿去:"该死的!罗威娜,过来救我!"

罗威娜从门廊抓起一个灯笼,点着了,然后提着它穿过后院来到树林。树是转着圈儿长的,缠绕在一起的树枝使她很难进去。她好不容易才挤了进去,把灯笼高高地举起。

亨利·派朴尔站在那里,气得直嘟囔。他弯着腰,起初罗威娜以为他在提袜子。接着她看到他是在使劲地往上拽他的脚踝。

"亨利!"罗威娜气喘吁吁地问,"你站在这儿干什么呢?我还以为你早就在回米梓·巴岚鼎公寓的路上了。"

"小点儿声,罗威娜。我……我不想让任何人到这儿来,看见我在这儿被粘住了。"

"粘住?粘住了什么,亨利?"

"是我的脚,好像是被固定在地上了。我的两只脚都

不能动了,不管我怎么使劲都没用。"

"亨利,你在跟我开玩笑吧?"

但是亨利没有开玩笑。他站在一圈儿树的中间,两只脚被牢牢地固定在地上。从他脸上的表情,罗威娜可以明显地看出他真的被吓坏了!

"我告诉你,我被固定住了,"他颤抖地说,"好像是被胶粘在地上了。罗威娜·杰维斯,你现在最好马上帮助我弄开。"

罗威娜跪下仔细地查看亨利的脚和脚踝,看上去并没有被任何东西卡住。她抓住他的右腿,使劲地往上拽,可一点儿用也没有。

"我去叫爸爸,"她说,"也许他……"

"你可不能去叫他。"亨利说,"如果传出一点儿风声,我就会成为全郡的笑柄,我就会丢掉推销员的职业。你还是把嘴闭上,帮我弄开吧,使劲用你的胳膊抱住我往上提。"

罗威娜来到亨利的身后,伸开胳膊抱住亨利。几个月来她一直渴望用她的胳膊搂住亨利·派朴尔。但是在这之前,她从来没有搂过他。

"这……这没用,亨利。"

"那就想想别的法子。"他命令道。

"罗威娜!"杰维斯先生在后门廊喊。

The Wish Giver

"我在这儿,爸爸。"

"你是和亨利·派朴尔在一起吗?那个年轻傲慢的家伙没打招呼就走了。"

罗威娜刚要说是的,猛然间看到亨利怒目而视。"不,爸爸!"她喊着,"我自己一个人。我马上就回去。"

"你胆敢告诉你爸爸我在这儿?"亨利咬着牙小声地说,"我有生以来从来没有这样狼狈过!"

"我不会告诉他的。但是我必须回去了。我怎样做才能使你感到舒服些,亨利?"

"我有点儿冷,我需要件外套什么的。"

"我马上回房里去……"

"不!你爸爸会产生怀疑的。你到谷仓里找点儿什么东西吧。"

罗威娜能找到的唯一的一样东西就是一床破旧的毯子。她用毯子裹住亨利。"这应该能使你感到暖和了,"她说,"明天早上我第一件事就是来给你送早饭。或许那时你就会没事了。"

亨利闻闻毯子,翘着鼻子叹了口气。他感叹道:"这个破东西,全是干草和马汗味儿。再没有别的干净的东西吗?"

罗威娜看着他。"你不是说你不想让我进房子里去找吗,亨利?"

"我想你还是进去找找吧。"

罗威娜向房子里跑去,这时亨利紧紧地抓住发臭的毯子把自己裹好,强忍着不让自己的牙齿打颤。

那天晚上罗威娜没怎么睡觉。她对所发生的事感到太害怕,太心烦意乱了——甚至都有点儿恐惧了。亨利·派朴尔,被粘在地上,以前曾发生过这种事情吗?第二天早晨她无精打采的,妈妈问她是不是生病了。

"没有,妈妈。就是有点儿累。"一得机会,罗威娜便从早餐桌上拿了一个油炸圈饼溜了出去。她来到树林里,亨利站在那里,裹着毯子,直打哆嗦。

"我给你带来吃的了,亨利。"罗威娜说。

"一个油炸圈饼,"他嗤之以鼻,"如果不是为了来看你,眼下我应该在米梓·巴岚鼎公寓吃火腿和鸡蛋。而你给我带来的竟然是一个破油炸圈饼。嗐,我不吃!"

"你得吃,亨利。"

"我觉得我好像整夜都在吃。只不过不是从嘴里往下咽,而是从脚底往上涌。我这到底是怎么回事,罗威娜?"

"亨利,我真的认为我应该告诉别人。"

"你给我把嘴闭上,小姐!"

"亨利·派朴尔,以前你可从来没有对我这样说话,"罗威娜说,"但是……好吧,别担心。我们会让你没事的。我来找个什么东西让你坐下。"

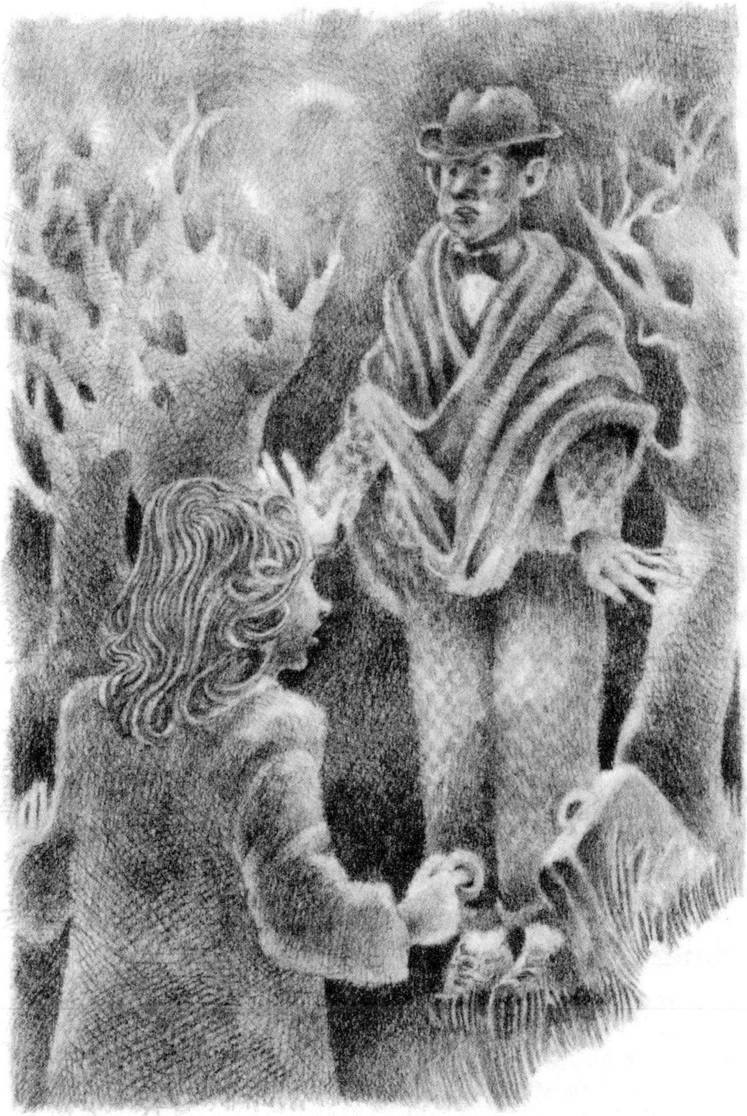

国际大奖小说

"我每时每刻都在担心,"亨利说,"至于坐下,我坐不下。我的膝关节不能弯。我的腰以下的各个部位都是僵硬的。快别提椅子了,先把这臭毯子拿掉!"

"好吧,亨利。但是我得去上学。我会尽快赶回来的。"

"你最好……"亨利严厉地说,"我是在你家这儿被粘住的,因此你得照顾我,直到我没事了。"罗威娜走出树林。突然她转过身来,对着亨利站的地方伸了伸舌头。

在学校的一天几乎像梦一般地过去了——或者说像噩梦般地过去了。放学后,罗威娜径直跑回家,她想从后门溜进去,不想让任何人看见。但是妈妈在厨房。

"坐下,罗威娜,"杰维斯夫人说,"我想和你谈谈。"

罗威娜把一只手放在嘴唇上,难道妈妈已经发现了?

"你回家时路过那所小学校了吗?"妈妈问。

罗威娜摇摇头:"我走的是近道,什么事?"

"克拉拉·费森盖尔今天经过这里,她说波莉·凯穆在学校说话时就像牛蛙在叫。我想你可能已经听说了。"

"哦,妈妈,你是了解波莉的。为了引起大家的注意,她什么事情都会做出来的。"

"不,克拉拉说好像是波莉自己无法控制住自己。好像是只能叫,不能再说话了。"

"克拉拉·费森盖尔就喜欢传闲话……"罗威娜开始

The Wish Giver

说。然后她突然把嘴闭上,感到脊梁骨直冒寒气。

"请原谅,妈妈。"罗威娜飞快地穿过后门,消失在妈妈的视野里。波莉·凯穆的表现很奇怪——在泰德司·布林的帐篷里,波莉就坐在罗威娜的旁边。到底发生了什么事?

在树林里,罗威娜发现亨利还是像她离开时的样子。不,不完全一样。

"我好像也快要失去说话的能力了,"他声音嘶哑地小声告诉她,"你得帮我松开。"

"但是,怎样才能帮你松开呢,亨利?"

"也许你可以把我撬下来。把那根长树枝捡过来。"

罗威娜捡来树枝。

"把它拿到这儿来。"

罗威娜按他说的拿了过去。

"难道你动作不能再快点儿,罗威娜?"亨利喘着气说,"现在把树枝的这头儿插到我的脚底下。不对,你这个笨蛋,不是那头儿!是另一头儿。你这个该死的罗威娜,你怎么这么笨,讨厌死了!"

眼前的这个亨利·派朴尔和她昨天还认为那么了不起的亨利·派朴尔是同一个人吗?

"我尽我最大的努力来做。"她说。

"嘻,你尽最大的努力也做不好。现在去拿一块木头

——不是这块,该死的,是那块!把它塞到树枝底下。那里,轻点儿,你好像在扛我的脚。"

罗威娜对他这些喋喋不休的命令非常反感,根本没有心思顾及他脚底下会感到痒痒。"现在往下压树枝,"亨利又说,"再使点儿劲,你这个傻瓜……哎哟!你想干什么,你想把我弄残废吗?"

"是你让我撬的,亨利,我正在撬。你总是在命令我一会儿这样,一会儿那样,我搞不明白你到底想让我干什么。"

"你怎么和其他人一样笨,连什么叫水开了都不懂。"

其他人?什么其他人?罗威娜琢磨着。她还没来得及问亨利,就听到身后有人说话。

"罗威娜,我想我看见你在这里,而且……你究竟在干什么!"

是萨姆!罗威娜心中有一种罪恶感,她转过身来看着萨姆。

萨姆阴沉着脸看着罗威娜:"你和亨利一直在这儿偷偷摸摸地……"

"不!根本不是那么回事。"突然,罗威娜认识到萨姆知道她和亨利在树林里的这一切对她来说是很重要的,"亨利的脚不知怎的被粘在地上了,而且……"

"真的?我敢说一定是真的,"萨姆嘀咕着,"嘻,我马

The Wish Giver

上帮你把他撬下来。"

萨姆把整个身体都压在了撬杠上。亨利疼得直喊,那喊声怪得很,好像是从远处的山谷里传出来的。

"小点儿声,亨利,"萨姆说,"你到底想不想被撬下来?"

最后萨姆不得不放弃。"我想你说得对,罗威娜。"他说,"亨利被粘得太结实了。这太恐怖了,以前我从来没见过这种事……你们以前见过这种事吗?"

"没有。另外,你千万不要告诉别人。"亨利说。

"别给我下命令,亨利,"萨姆说,"如果你想被撬下来,我们首先要检查一下是什么东西把你卡住了。"

萨姆拿出折叠刀,跪在地上,检查亨利的脚。

"萨姆,你一定要小心一点儿,"亨利说,"太可怕了,不知怎么就被粘在这里了。我可不想被割伤。"

"嗯,这真是很怪。"萨姆说。

"怪什么?"亨利问。

"你的鞋,皮子全都裂了,看上去就像树皮,而且这皮子清晰地延伸到你的脚踝。好吧,我马上帮你割开。"

萨姆用力把刀片插进亨利右脚的鞋底下。

"哎呀!"亨利的叫声并不是很大,听上去好像是用毯子裹住了脑袋,但是罗威娜却吓得直喘气。

"你伤着我了,萨姆,"亨利小声地说,"你的刀子割

到我的脚了。"

萨姆抬起头看看,说:"我发誓我是在你的鞋掌底下往下挖的,而且……"

"萨姆,看哪!"罗威娜用手指着,"你刀子上的红东西看上去好像是血。"

"血!"亨利尖叫道,声音大到了极点,"我的血!"

"可是,怎么会……"萨姆接着说。然后他用手指头在亨利的鞋底下挖开了。虽然进展很慢,但是最终亨利右脚底下的泥土还是被挖空了。

"看哪,罗威娜,"萨姆说,"亨利脚底下长出了……"

"根?"罗威娜惊奇地问。

"根!"萨姆回答说。

"你是说亨利扎根在地下,就像一棵……一棵树?"

"好像是。如果我们把那些树根割断,那就像把刀子插进了亨利的身体里一样。那样做会杀死他的。"

"那么就别伸进去割了!"亨利呻吟着说,"我不想死!"

"但是什么东西使得亨利生了根?"罗威娜开始说。然后她开始浑身颤抖,因为她最终明白了她对亨利所做的一切。

生根!罗威娜以前说过这话,就是在前不久。昨天晚上在门廊——当时她把拇指压在愿望卡上的红点上,希望……希望……

The Wish Giver

……亨利·派朴尔会在巫师树村这里生根,而且永远也不离开!

"哦,萨姆!"罗威娜叫喊着,眼睛里充满了泪水。"哦,萨——萨——萨姆!"

"接着……接着,然后我压住卡片希望亨利会在巫师树村这地方生根。但是我的真正意思是让他待在这里,不想让他继续做一个到处游逛的商人。而他却真的生了根,而且他还被粘在这里!"

罗威娜给萨姆还有亨利讲述了有关泰德司·布林的魔力的事,事情还没有讲完,她就伤心地哭了起来。"哦,萨姆,我该怎么办呢?"

但是萨姆和亨利都没在听她讲。萨姆看着亨利,就像看一条龙或是一个吃人的魔鬼或是其他一些神秘的野兽一样。而亨利却浑身发抖,害怕地看着自己那被树皮包裹的脚踝。

"亨利的确扎根了。真的根,就像你要求的那样。"萨姆敬畏地说,"只有魔法能够做出这种事情。"

"就像波莉·凯穆的牛蛙叫声,"罗威娜说,"她也得到了一张卡片,而且那一定也是同一种魔法。"

"别提波莉·凯穆了。"亨利的声音像是风刮着满是树叶的树枝所发出的沙沙声。"我怎么办?是我被粘在这里,而且事情一直在向坏的方向发展。树皮在向我的腿

上蔓延。我变得越来越僵硬。食物好像在从我脚下的根部往上输送,而且现在我感到说话都困难了。"

"萨姆,"罗威娜呻吟着,"他在变成——……"

"一棵树。"萨姆说。

"罗威娜,想想办法!"亨利嘶哑地喊叫着。

"安静,亨利!"萨姆说,"我们俩对魔法都没有经验,也许需要点儿时间来想出办法。"

"但是我没有时间了,"亨利说,"我在变……"

"也许我该去找泰德司·布林,"罗威娜说,"也许他会回来把愿望收回去。他只走了两天,不可能走得太远。"

"不,"萨姆摇着头说,"如果是一个普通人的话,不可能走得太远,但是布林好像是一个有法术的家伙。他现在有可能在月球的那一边。"

"那么也许爸爸或者妈妈能够想出什么办法来。"

"很显然,这样做只能让他们烦恼,而且他们会把亨利的事情传得满城风雨。"萨姆说,"接着我们会招来很多人围在这里乱转,不是笑亨利,就是提出一些毫无用处的办法。我说我们还是把事情控制在我们这个范围。罗威娜,是你从泰德司·布林手里得到的卡片,而且是你许的愿。因此,你得想个办法去掉魔力,让亨利解脱出来。别人谁也帮不了你。"

The Wish Giver

"快点儿!"亨利又在说。

"但是我现在一点儿办法也想不出来。"罗威娜说。

"那么在你没有想出办法之前,我们至少可以想办法让亨利感到舒服点儿。"萨姆说,"也许我们把他周围的杂草拔掉他会感到舒服些。"

萨姆围着亨利转着圈儿走。然后他弯下腰,从一堆杂草里拾起一个皮手提箱。"这是什么?"

"那是我装目录和订单的手提箱,"亨利说,"你不能打开,萨姆·卫克斯曼。"

"好的,亨利。我只是把它放到谷仓里去,以免弄湿了。罗威娜,你来把那些草拔掉。"

在萨姆离开这块清理干净的空地后,罗威娜开始拔草。亨利又开始不断地下达命令,就像一个奴隶主似的。"别太靠近我的脚,罗威娜!一次多拔点儿,罗威娜!把草堆到那边,罗威娜!那里你还漏掉了一棵……"

"亨利·派朴尔,把你的嘴闭上!"罗威娜突然打断了他的命令,"我在尽最大的努力做好。难道你认为没有你在始终教训我,我就会感到不舒服吗?"

"都是你把我弄成这个样子!"

"我并不想让事情变成这个样子。嗐,亨利,以前你跟我讲的那些好听的话,我是多么的漂亮,还有你去过的那些好地方……现在怎么都变了?如果我对你来说是非

常特别的,你不应该这样对待我,即使是你的脚被粘在地上。"

"特别?真是太可笑了。"

"但是你以前跟我谈话的方式,就是让我觉得我对你来说是很特别的,亨利。"

"听着,罗威娜·杰维斯,以前我总是说你是绝世美人古埃及女王克利奥帕特拉,或者是最有魅力的示巴女王,那是因为我那样夸你,你会告诉你爸爸我有多么的好,结果我会卖给他更多的农具。"

"亨利,你……你不可能是那样的人!"

"我的确是那样的人!爱上了你?你以为我是个傻瓜吗?你只不过是一个得了相思病的呆子。"

"你是个小人,亨利·派朴尔!"罗威娜大声喊道,"如果我早知道你说的一切都不是真的,我会……"

"你绝对不会许那种愚蠢的愿望,我就不会粘在这里和你讲话了。"

"我会想办法解救你的。"罗威娜牙齿咬得格格直响,"如果看到你现在就上了火车滚出这个镇子,永远地滚出去,该多好!"

"但是在我得救之前,你得要照顾我,罗威娜。我让你做什么,你就得做什么。"

"但是我照顾你只是在找到办法解除法力之前。等解

The Wish Giver

除法力后,你最好还是小心点儿,亨利·派朴尔!"

萨姆又回到了这块清理干净的空地。他拿着一个纸袋子,一桶水,还有一把小铁锹。他从袋子里抓了一把灰土围着亨利的脚撒了一圈儿。

"这种东西会促使树生长。"他说。

萨姆用铁锹把地面垫高。最后他把水倒在亨利鞋子的周围。

"哦——哦——哦,"亨利满意地哼着,"的确感到好多了,萨姆。明白吗,罗威娜?萨姆知道如何恰当地处理。"

"萨姆,你听见亨利刚才在说什么吗?他说以前他跟我说的那些好听的没有一句是他的真心话。"

"我向来认为他所说的都不是真的。"萨姆说道,"但是如果我如实地告诉你,你是不会相信的,你得亲自了解他。既然你已经了解了亨利到底是什么样的人,那么你早想出一个办法解除你在他身上许的愿,他就会早日从你的生活中消失。所以你要用尽脑子想,罗威娜。至于我,我农场里还有活儿要干。让你们俩单独在一起吧。"

罗威娜和她那不受欢迎的客人始终待在一起,直到天黑她才回去吃晚饭。尽管萨姆相信她会想出办法来解救亨利,可她始终在想的是万一亨利得不到解脱,她就不得不利用她的余生来照顾那个在她家院子里生根的

无知的家伙。两天前她还只想着让亨利留在巫师树村,可现在她再也无法忍受看到他了。

第二天早上吃早饭时,罗威娜的妈妈问了一个问题。"后院那片树林为什么有如此大的吸引力?"她问,"你在那里待了那么长时间,孩子。"

"那是一个学习的好地方,妈妈。"她说,"这一周我们得为学校考试做好准备。"

"不要学得太过劲儿了,别忘了今天晚上哈斯克尔的晚会。你们班级每一个人都会参加的。"

晚会!由于亨利给她带来的所有麻烦,罗威娜早就把晚会的事给忘了。但是她怎么可能去参加晚会呢?亨利需要有人照顾,而她得……

"我真的希望他会变得干枯,被风刮走!"她喊着。然后罗威娜跺着脚走出了厨房,让妈妈一个人在那儿纳闷儿,见鬼,她在说什么呢?

罗威娜正想找人说说话,她发现萨姆在谷仓。她向萨姆倾诉,若自己照顾亨利,将无法参加哈斯克尔的晚会。

令她非常吃惊的是,萨姆好像很理解她。"你去参加你的晚会,"他告诉她,"今天晚上我来照顾亨利。可我预先告诉你,罗威娜,如果他抱怨得过了头,我打算用抹布把他的嘴堵上,然后一跺脚回家去。"

The Wish Giver

那天晚上,哈斯克尔的家用日式灯笼和彩带装饰着。除了罗威娜,大家看上去玩儿得都很开心。罗威娜穿着自己最好的衣服,她在学校里的朋友都去了,但是她还是无法享受晚会的乐趣。让萨姆代替她留在那树林里,她仍然感到有些内疚。她坐在角落里,鲁斯·希根丝和明尼·鲍尔温在她身旁经过时,她盯着她们的鞋子看。明尼说话很快,罗威娜听到她提到亚当·费斯克。罗威娜还记得当时亚当坐在泰德司·布林的帐篷里的长凳的最边上。她用手捂着耳朵根向前倾着身子听着。

"……水直着喷射到空中,就在亚当家房子的一个角落。"明尼讲着,"鲁斯,我不介意人们如何反驳说费斯克农场没有水。可我爸爸亲眼目睹了这一切,我跟你说。"

"地下有时是会喷出水来的。"鲁斯说。

"不是什么地下水。爸爸说那是……是魔法!"

魔法?那么亚当一定也许愿了,罗威娜想。但是水?在费斯克那干透了的农场上?如果那真是亚当希望得到的,那他太幸运了。至少他可以从他的愿望中得到一些有用的东西。

晚会后,哈斯克尔先生用他那辆四轮大马车送罗威娜还有其他几个人回家。"你住的地方真黑,"当他们到达杰维斯家时,他跟罗威娜说,"想让我把你送到门口吗?"

"不用了,谢谢,我没问题。"罗威娜从车上跳了下来,穿过草坪,来到前门廊。

她抓住前门的把手。突然门廊尽头那把旧摇椅发出吱吱的声音,而且声音很大。"谁在那儿?"她吓得大声问道。

"是我,萨姆。"她听到穿过门廊的脚步声,接着萨姆来到她的身旁。

"我想你最好还是去看亨利一眼,"萨姆说,"事情要比我们想象的糟得多。现在长得更快了。"

"什么糟得多?"在他们穿过漆黑一片的草坪并朝树林走去的时候,她问,"什么东西长得更快了?"

"你会明白的。"

他们一进入树林,萨姆就点上了灯笼。亨利在那儿,可罗威娜几乎认不出他了。

原来只包裹着亨利脚踝的粗糙的树皮,已经裹住了他的整个身体,直到他的下巴。但是事情还没有结束。他的胳膊僵硬地向上举着,和粗糙的树枝没什么两样。当萨姆举着灯笼走得更近时,罗威娜感到非常恐惧。

"萨姆,"她害怕地小声说,"看上去他完全像一棵真树!"

只有从亨利的脸上还能看出长在那里的是,或者说曾经是一个人。现在连他的脸长得都像日晒雨淋的树

The Wish Giver

皮。他脸上呈现出的完全是一副恐惧的表情。他的嘴唇还在动,但只能发出微弱的叹气声。

罗威娜又向前靠了一点儿。只见亨利张着嘴,呼吸都很微弱,但听得出他还在说:"救我!救我!"这声音使得罗威娜不寒而栗。

到星期三下午为止,亨利·派朴尔身上一切人的特征都消失了,剩下的只是一棵树。

如果人们走近那棵树,仔细看看靠近树干顶端的树瘤,或许可以辨别出两只眼睛,一张嘴。可事实上,亨利只是树林中一棵矮小的树而已。

罗威娜不知所措。不管怎么说她得想办法让亨利重新变成人。她想来想去,想了很长时间,可就是想不出解决问题的办法。她还不能让爸爸妈妈发现这个秘密,特别是亨利看上去不再是以前的亨利了。这一点他们永远都不会明白。他们很可能会认为她的脑子出了毛病。

罗威娜知道如果没有萨姆的帮助,她是无法承受这一切的。那天晚上,她躺在床上,想象着如果是萨姆变成了一棵树,她去找亨利帮忙,事情会是什么样子。她得出的结论是:亨利不仅不会帮忙,反而会冷嘲热讽。她相信萨姆会以他高尚的品格,那种亨利·派朴尔永远不可能具备的品格,去接受他的命运,而且萨姆永远也不会变成矮小无用的小树,他会变成一棵参天大树。

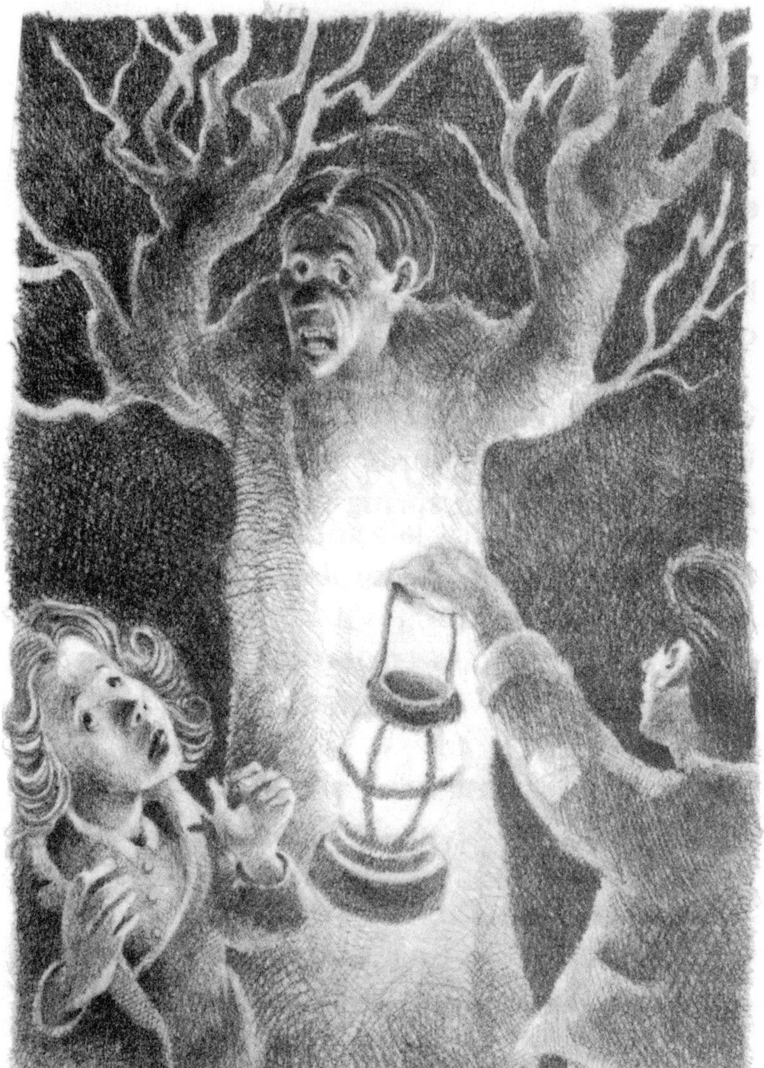

The Wish Giver

三天来,由于罗威娜一直陷在困境中,她没有对萨姆说一句感激的话,感激……感激他一直忙前忙后地陪伴着自己。有时她对亨利的状况非常担心,心里会感到很难过,想喊想叫,或者跑到外面什么地方躲起来。每当这时,萨姆就会给她使个眼色,或者对她点点头,或者跟她小声地说上几句,她便会从中找到力量撑下去。她想在早上告诉萨姆,他的一言一行对她来说意味着多么大的力量。但是到了早上,萨姆已经走了。

"他向我请了一天假,说是进城去,"爸爸解释说,"但他没说为什么。"

萨姆总算是及时地赶回来吃晚饭了。晚饭后,他还有些杂事要做。直到快八点钟时,罗威娜才找着机会单独跟他在一起。

"你这一整天都到哪里去了?"她问。

"读书,大部分时间在学校图书馆里。我有一个想法,如果魔法能使人变成树,也许就应该有一种法力可以使他再变成人。"

"你找到了吗?"罗威娜满怀希望地问。

"还没有。只发现一些神话之类的东西。人们拜树是因为他们认为神在树里,或者认为树是死人的魂。"

"但是没有有关人变成……"

"我的确找到一些古老的故事,"萨姆说,"人可以变

成各种各样的植物。和亨利的遭遇最相似的是一个名叫达芙妮的少女,为了躲避阿波罗神,她变成了一棵月桂树。但是我想那些都是编造出来的,而不是现实。"

"但这不可能全是迷信。任何人窥视到外边那树林里所发生的事,真的都会大开眼界。虽然亨利现在完全成为一棵树,但也许没有人会注意到他。"

"不管怎么说,我非常感激你所做的一切。"罗威娜对他说,"但是早晚会有人来找亨利的。那时我该怎么说呢?'敲一下那棵树的树干,看看有没有人回答'?"

"还得几天才会有人来找亨利的。"萨姆说,"你知道吗,我在司徒·米特商店给永久公司打了电话。我说亨利病了。接电话的女士非常客气。她说让亨利只管好好儿养病,在他病好回去前,公司会有人处理他的业务。"

"哦,萨姆,我真是一个傻瓜!"罗威娜说,"如果我没跟亨利闹出这样的笑话的话,任何事情都不会发生。可是当时他谈到他去过的那些好地方时,好像我就在他的身旁。纽约,圣路易斯,甚至巴黎,我永远也去不了那些城市,但是和去过那些地方的人谈话是……"

"罗威娜,"萨姆突然打断她的话,"我从来没有离开过这个郡,到外面的什么地方去。但是我有几件事想要跟你说。"

"好啊,萨姆,"她好奇地看着他说,"是什么?"

The Wish Giver

"我想让你假装我就是亨利·派朴尔，"萨姆告诉她，"过去的亨利，变成树以前的亨利。你能做到吗？"

"这很难，"她回答说，"但是我会尽力的。"

"罗威娜，亲爱的，"萨姆开始拉着她的手，"我来给你讲讲伦敦。"

"萨姆·卫克斯曼，伦敦是在很远的地方，跨过海洋，在英格兰。你从来没有去过伦敦附近的任何地方。"

"行了，罗威娜。你从来没有打断过亨利讲故事。假设我是他，记住了？"

"行，萨姆……我是说亨利，继续吧。"

"在伦敦有一个大教堂，叫作圣保罗大教堂，教堂顶部是一个大的圆形屋顶。我记得我站在靠近圆形屋顶的环形包厢里……"

"萨姆，你在犯傻呢。"

"嘘，罗威娜。不是萨姆在讲话，是亨利。就那样，我小声地对着圆顶壁耳语，这声音只有对面另一头包厢的那个人可以听到。别人谁也听不到，因为声音是沿着圆顶的曲线传递的。罗威娜，等什么时候你和我站在圆顶的两端，我会小声地说……"

"你这是在胡说，萨姆。"

"不，不是胡说，是真的。现在，我的名字叫亨利。在中国，有一道一直贯穿整个国家的城墙。这城墙特别长，你

在月球上仍然可以看见它。还有岛屿,在那儿,珊瑚虫建造的窝比你爸爸的谷仓还要高,人们把双脚绑在一起攀爬椰子树。如果我们沿着岛屿的沙滩散步,罗威娜,我们就会看到水里的鱼,五颜六色。远在旧金山,那里还有电车,电车不是用马达驱动的,而是用埋在街道地下的电缆线和……"

"萨姆·卫克斯曼,你给我马上住嘴!"罗威娜喊着,"你讲的那些事没一件是真的。"

"哦,是真的,千真万确。"

"你是怎么知道的?你从来没有去过那些地方。"

"是的,"萨姆说,"我是没去过。亨利·派朴尔也没去过!"

"萨姆,你不要扯到亨利,这样我会感觉更好一点儿。"

"这是真的,罗威娜。永久公司的那位女士说亨利有一个姑姑,叫贝莎,住在康涅狄格州的桥口。她姑姑想了解他的病情,因此我也给她打了电话。她告诉我有关亨利的几件事,很有意思。"

"她跟你说什么了?"

"好像亨利为永久公司每年工作五十周,在缅因州和新罕布什尔州的一小部分地区卖货。在他的两周假期期间,他和姑姑贝莎住在一起,给她做些修修补补的活儿,

挣点儿零花钱。所以他根本没有时间去他说的那些奇特的地方。"

"那么,他为什么会对那些地方那么了解?"罗威娜吃惊地问。

"和我一样。你在这里稍等一会儿,我想到谷仓去拿点儿东西。"

一会儿萨姆回来了,手里提着他在亨利脚边发现的手提箱。

"我打开看了,"萨姆说,"里面不仅仅装着目录和空白订单。"

他把手提箱打开,拽出一本……

"杂志!"罗威娜惊叫着。

"是的。这本是旅行杂志,这里还有一本旧版本的地理图片册。我在旅行杂志里看到有关伦敦和中国的介绍,还有我跟你讲的关于其他地方的报道。有关纽约市的报道是极为诱人的。它讲述了纽约市的夜生活,那儿的晚上就跟白天一样明亮,还有豪华饭店,还有……"

"你是说亨利说他去过的地方其实是他事先从杂志上读到的报道?他说的那些地方,他从来没去过?"

"好像是的,罗威娜。"

"什么,那个无赖,花言巧语的……杂种!"她气愤地说,"想到和他一起闲混,向他送去初恋的秋波,而他却

一直在满嘴胡言。哦,萨姆,我太……太愚蠢了。"

"不要太责怪你自己了,"萨姆说,"亨利也为他的愚蠢付出了昂贵的代价。我只是想,既然目前似乎还没有办法把他变回来,你又了解了他耍的那些花招儿,你会感到好过一点儿。"

罗威娜静静地在那里坐了一会儿。然后,她突然用拳头猛击椅子的扶手。"不!"她喊道,"不!不!不!我绝对不会让亨利·派朴尔在未来的年月里挤在那树林中,总让自己想起那愚蠢的往事。一定有解决的办法,一定有!"

"可是罗威娜,你说过泰德司·布林只给了你一个愿望。"

"你不必提醒我,萨姆。我记得很清楚,我好像现在就坐在他帐篷里的长凳上。他穿着白西服,红背心,掏出那些带红点的卡片。一张给了波莉……一张给了我……一张给了……给了……"

罗威娜说着说着慢慢地没声了,好长时间她死死地盯着萨姆。

"我知道了!"她最后说。

"知道了?知道什么?"萨姆问。

"我知道如何把亨利·派朴尔再变成人!"她变得越来越兴奋,"现在是什么时间?"

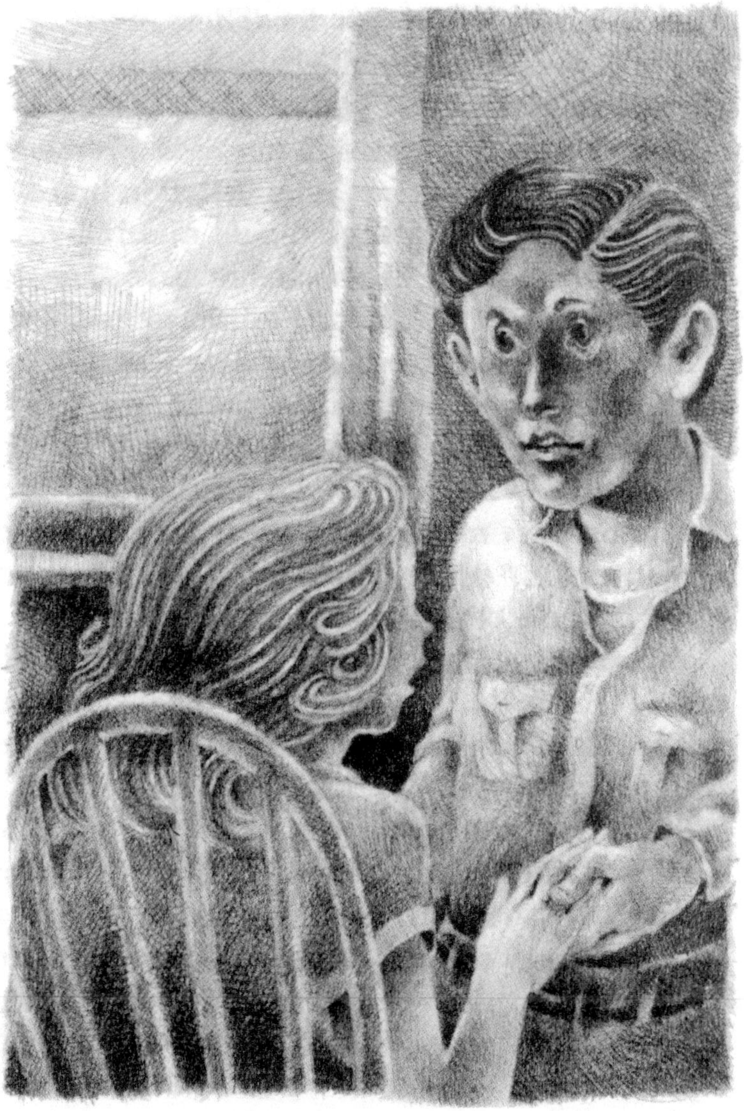

"八点半,但是你打算如何去……"

"现在没有时间解释。我得赶紧。跟我一起来,萨姆。"

萨姆摇了摇头:"你要上哪里去,罗威娜?这种事情你一定要自己亲自做。是你把他变成这个样子的,如果你有办法,也必须亲自把他从魔法中解救出来。"

"那么,你至少等到我回来好吗?"

他低头看着她,微笑着。对罗威娜来说,萨姆好像变了。他的脸不再是小孩子的脸,而是一张大人的脸。而且在他说话的时候,声音也是大人的声音,坚定、有力,而且温柔体贴。

"罗威娜·杰维斯,我已经等你好久了。但是直到现在,你眼里只有亨利·派朴尔。好的,罗威娜,我会等你的。别着急,慢慢来。等你做好了一切,回来找我时,你会发现我还在这里静静地等着你呢。"

The Wish Giver

第三章

水，水，到处都是水

"已经三周没下雨了。水井干了，蓄水池里的水也快用完了。明天下午放学后，你最好拉着桶到蜘蛛河去装水。"

这是亚当·费斯克的爸爸星期天早上跟亚当说的第一件事，这使亚当很不开心。

昨天的教友联谊会很有意思，亚当在那里玩儿到很晚才回来。到家后，他把裤子挂在了衣柜里，那张带红点的卡片还在他的裤兜里。他直接上床睡觉了。星期天早上醒来，联谊会上那些有趣的事情仍然回荡在他的脑海里。

现在爸爸把这一切有趣的事情都给毁了。

"我必须去吗？"亚当抱怨着，"我要是赶着马车穿过镇子，大家准都笑我，而且把这些桶都装满水需要很长时间。这些桶的确能装很多水。"

"但是你拉回家后就不会觉得水太多了。"亚当的妈

妈插话说，"咱们要喝水，做饭，洗涮还要用水，牲畜也需要水，还有地里的庄稼都快要干死了，也需要水，蓄水池里的水随时可能被用光。下雨前，也许你要天天去拉水。亚当，慢慢习惯吧。"

"这很不公平，"亚当抱怨着，"这是巫师树村农场中唯一一口三天不下雨就会干枯的水井。再说，从詹克斯先生的农场把泉水引过来有什么不好，他用不了的那些水不是又都渗到地下去了吗？如果把水引过来的话，我就不用穿过镇子……"

"够了，亚当！"爸爸突然打断他的话，"这是我们的农场，我们自己来经营管理，不要乞求人家的施舍。我们到蜘蛛河去拉水，需要多少你就拉多少。"

嗐，就是这样。爸爸攒了很长时间钱，买了这个农场，他用自己的双手建起了房子和谷仓。他性格倔强，绝对不会接受任何人的恩赐。

"哦，振作起来，亚当，"爸爸接着说，"明天普特大爷要来我们这里。我们还会找到水的。"

"普特大爷？"亚当说，"那个用占卜杖探水的人？"

"是的。他很少到这一带来，但是我特地请他到这里来，他同意了。他那个叉子状的占卜杖从来没有探错过。在探水人的占卜杖指点的地方，你很快就会挖出水来。"

"也许会。"亚当怀疑地说。他不相信这种探测会真的

The Wish Giver

管用,他得用他的余生从蜘蛛河里拉水了。

第二天早饭后,亚当去上学了。在去学校的路上,他遇见了波莉·凯穆。"早上好,波莉。"当他走近她时,他对波莉大声说道,"今天过后,到期末考试前,我有几天的时间不用上学,你呢?"

"咕——呱呱——咕咕——呱呱!"

嘻,如果波莉不像现在这个样子,该多好啊!有礼貌地回答别人的话,而不是像现在这样只能发出奇怪的叫声。"你别对我这样无礼,波莉·凯穆。"亚当故意地说。

"咕——呱呱——咕咕——呱呱!"

她真粗鲁,一点儿不假。但这的确让人摸不着头脑,波莉的叫声真像牛蛙的叫声。他如实地告诉她,希望她不会不高兴。

"咕——呱呱——咕咕——呱呱!"

说完最后这番评论的话后,亚当快步地向前走去。

在学校上科学课时,他就坐在罗威娜·杰维斯的旁边。罗威娜平常表现非常好,但是今天表现得不好。她的脑子好像跑到十万八千里以外了。她不断地抽鼻子,叹气,低声说些什么"脚被粘住了"之类的话,听上去好像就是这样,但也许是他听错了。

放学回家后,亚当给汉克和贺勃,他的两匹马,戴上马具,套上平板车,装上八个大铁水桶,准备去运水。他

爬上车座。"驾,快跑。"他拽着缰绳,挥舞着鞭子,下达命令。

他们出发了。车后面的铁桶互相碰撞的声音很大,把马蹄声完全淹没了。

走到镇子边时,亚当就听到了呵斥声。"老亚当·费斯克赶着拉水的马车来了!"奥维尔·霍普尔大声地喊着。

"我想他们农场里的人一定是快要渴死了!"消防站里有人嘲讽地说。

他遇到了阿加沙·本多和尤妮斯·英格索尔,她们放学后正往家走。两个女孩儿朝他做了个鬼脸,然后头一仰走了,弄得亚当上不来下不去的。

穿过镇子,来到河边,亚当立刻把马车赶到尽可能地离水近一点儿的地方。他脱下鞋袜,挽起裤腿,然后从车座底下拿出一个小桶,跳下马车。

他光着脚趟入冰冷的河水里,舀满一桶水,然后提起桶,踩着那些净是棱角的石头朝马车走去。他把水倒进一个大铁桶里,可这满满的一桶水好像连大铁桶的桶底都盖不住。

舀——倒——舀——倒——舀——倒——亚当一桶又一桶地提着水,直到他感到肩膀像是被白热的铁棍穿透似的疼痛。等到所有的大铁桶都装满了水时,汗水顺

The Wish Giver

着他的下巴直往下流,而他的脚却被冰冷的河水冻得几乎麻木了。

接下来,就是要往回赶路了。镇子里的人们又一次地嘲笑他,并冲着他喊叫。就在他快要到达农场时,马车的一个轮子碰到了一块石头,装满水的大铁桶被颠得碰在一起,发出了震耳欲聋的响声。铁桶里的水本来是满满的,可这样一来,桶里的水只剩下不到三分之一了。亚当三分之二的劳动成果已经白白地渗到了干旱的泥地里。

"该死的!"他气愤地嘟囔着。

爸爸在前院来来回回地走,旁边跟着一个白发苍苍的小老头儿,人瘦得像根芦苇,看上去能有一百来岁。老头儿双手举着一根叉子状的占卜杖,大约有三英尺长。他的眼睛紧盯着占卜杖的分叉点,当他走动时,这个点就会轻轻摆动。

"停下来让马休息一下,亚当。"当马车经过爸爸的身旁时爸爸说,"过来见见普特大爷。"

"我从来没见过这种没有用的东西。"当亚当从马车上下来时,普特大爷嘀咕着,"好像这地下应该有水。但是我探了每一寸土地,可占卜杖一点儿反应也没有。"

亚当好奇地看着普特大爷手里的占卜杖。"这不可能,"亚当说,"只用一根破树枝就能在这里找到地下

国际大奖小说

水？"

"这不难，"普特大爷答道，"我是说对于我们这些有才能的人来说。"

"才能？"

"探测水源的才能，孩子。一千人，也许两千人当中只有一个像我这样具备这种才能的人。其他人即使拿着这种占卜杖走遍全缅因州，也不可能探出脚底下哪块地有水。"

"嘿，可是你能找到水？"

"我当然能了！当我经过地下河流时，手里的占卜杖的一端会弯过来指向下，指向有水的地方，就像钓鱼竿钓到鲑鱼时一样。"

"你有没有探错的时候？"亚当问，"占卜杖所指的地方会不会有时没水？"

"从来没有过，"普特大爷说，"你看，我不是为卢克·杨克斯在他家后院探测了一口井吗？而在这之前，他曾在那里打了四口井，都是没水的枯洞。结果在我的占卜杖指向的地下十英尺处，打出了足够他们家和周围邻居们用的水井。"

接着这个老头儿耸了耸肩："但是那里得有水让我探测。而这个农场根本就没有水。对不起了，费斯克先生。"

五毛钱的愿望

The Wish Giver

"这不是你的错,普特大爷。"爸爸唉声叹气地说。

探水人要走了,但是亚当有个想法。

"普特大爷,"他说,"你能把占卜杖留给我吗?"

"这根破杆子?"普特大爷把占卜杖递给了亚当,"给你,拿去。我随时都可以再刻一个。但别指望它能为你找到水。这种才能不是在占卜杖上,而是在掌握占卜杖的人身上。"

"也许我有探测水的才能,普特大爷。"

"也许吧。"探水人带着一种怀疑的口气说,"但是这不太可能,才能是一种稀有的东西。"

说到这儿,普特大爷慢悠悠地走了。亚当握住占卜杖,慢慢地在院子里探测着。他每走一步,就用占卜杖在地上轻轻地点几下,但是占卜杖根本没有像探水人描述的那样,会弯过来指向地下。

"面对现实吧,亚当,"爸爸说,"没下雨前,我们只能去拉水了。"

那天晚上吃饭的时候,妈妈提出她想了很久的事。"我很想在厨房窗外种些花儿,"她说,"花儿看上去使人感到很舒服。"

"种花儿需要很多水,"爸爸说,"亚当,你看如何?你是拉水的人。"

起初亚当很想说不,但这只不过需要自己每个星期

多去拉一趟水而已,比起现在来也多不到哪儿去,更何况如果那样会使妈妈高兴……

"种些花儿在外面会很美的,"他说,"你想种哪种花儿,妈妈?"

"种一些牵牛花儿,再种一两棵蔷薇,"她说,"也许你能扎一个篱笆,好让牵牛花往上爬。"

"嗐,如果你不想……"她接着说。

"我只是跟你开玩笑,妈妈。"亚当格格地笑着说,"我来扎篱笆,明天一早就动手,扎个篱笆不会用很长时间。"

吃完晚饭,亚当把一切杂活儿都干完之后,累得骨头都疼了。他很早就躺下了,但是他舀水舀得肩膀疼得厉害,怎么也无法入睡。他气愤地用拳头砸着枕头。他和爸爸妈妈辛勤地在农场干活儿,可他们连糊口都困难,说起来真难为情。这一切都是因为他们没有水!

亚当在床上翻来覆去,起初他看着墙角的小桌子,然后又向窗外望去,一轮明月挂在天空,最后他把目光移到了衣柜开着的门上。

月光从窗户照了进来,衣柜的门在黑暗之中好像在闪闪发光。衣柜里挂着他昨天去联谊会穿的裤子。

联谊会,泰德司·布林。告示上是怎么写的来着?

我可以给你你想要的任何东西。

The Wish Giver

"我想你不能给予这个,泰德司·布林先生,"亚当小声地对着宁静的夜空说,"但是,试一下又有什么坏处呢?"

他下了床,光着脚来到衣柜前,翻着裤兜,那张带红点的卡片被揉得皱皱巴巴的。他把卡片放在衣柜门的背面,尽量把它弄得平整些,然后他用拇指压住红点。

"我希望……"他开始说,"我希望我们农场里到处都是水,足够我们洗涮、做饭、饮用、灌溉庄稼,还有……除此之外,还能剩下很多!"

他感觉压着红点的拇指有点儿热,接着卡片掉到了地上。他走到窗边,向外望去,一切都和往常一样。他听着,但没有听见汩汩的流水声。

"我想我希望得太多了,即使是伟大的愿望赐予者也无法满足我的愿望。"他失望地向床边走去,"没有水,该死的!"

星期二早上亚当醒来时,他想到的第一件事就是到这个周末考试开始前,他都不用去上学。

接着他想起了昨天晚上许的愿。他迅速地穿上衣服,狼吞虎咽地吃完早饭,然后急匆匆地跑到外面,看看是否会……

太阳挂在空中,像是一个闪闪发光的铜盘子。由于缺水,院子四周到处都是裂缝而且尘土飞扬。"我想我的

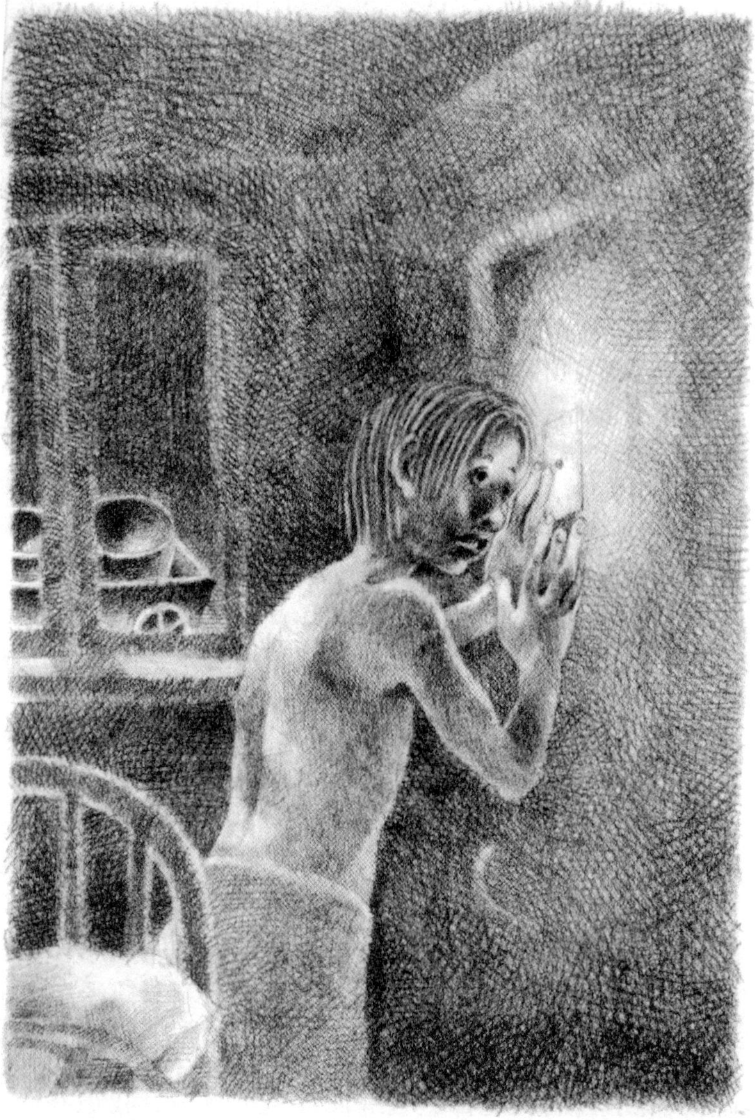

The Wish Giver

愿望不会实现了。"亚当在轻声地自言自语。

"什么愿望,亚当?"妈妈手里拿着个空饲料盆子,从谷仓回来。

"没什么,妈妈。现在告诉我,你想把篱笆扎在哪里?"妈妈听到他在说有关愿望的事使他有些慌张。他现在长大了,不应听信这些胡言乱语。

"就在这儿,窗户底下,"妈妈说,"不行,下午房子都把太阳挡住了。也许在那儿,或者在从门廊能看到的那边……或者离开点儿,那样又……可以把它扎在……哦,我不知道,亚当。你认为应该扎在哪里?"

亚当咧着嘴笑笑,摇了摇头。这的确是个难题,当妈妈想做些事情让自己高兴时总是犹豫不决。她可能花上一个小时来决定是否去拜访邻居杨克斯太太,当她买衣料做新衣服时,她会整个上午都站在司徒·米特的商店里,一匹一匹地选来选去,直到她选到自己确实满意的布料为止。

但是在管理农场时妈妈完全又是另外一个样子。"爱德华,你把别的事情搁一搁,先把马送到铁匠铺去钉个掌。"再不就是,"亚当,需要种豆角了,马上!"爸爸和亚当都乐于听命,因为妈妈很少搞错什么时候该干什么样的农活儿。

亚当知道如何让妈妈做出决定。"把篱笆扎在那边

如何？"他边说边指着一块整天都见不到阳光的地方。

"哦，你这人！"妈妈说，"连傻瓜都会看出最好的地方就是在那个角落，在那里，我们可以从房子的两端看到花，好极了。"她从亚当丢下占卜杖的地方把它捡起，然后用它在地上画了条线。

亚当用步子丈量了一下长度。算了算立五个篱笆桩子就可以，然后他用脚跟磕着他要挖坑立桩子的地方。

他用铁锹挖了五个坑，每个坑大约有两英尺深。"你挖得太深了，亚当。"妈妈对他说，"你是不是要一直挖到中国去？"

"我想让那些桩子牢固点儿，"亚当说，"不会一遇到大风就被刮倒。"每个坑底的土和地表的土一样的干燥，如果整个农场都是如此的话，今年的收成肯定很差，除非马上灌溉。午饭后，他得再去蜘蛛河拉水。

亚当倚着铁锹，他四处打量着满是尘土的院子，又向谷仓那边的洼地望去。接着他的眼睛落到了占卜杖上。

他捡起占卜杖。那只是一根细细的、两个叉的苹果枝，他回想着普特大爷是怎么拿着这占卜杖的。

他弯着胳膊，手掌朝上，两只手各握着一根树杈。树枝头儿露在外面一点儿，好像在向前指路。亚当往前走了一步，又走了一步。

The Wish Giver

突然树枝开始扭曲,在亚当手里旋转着,就像是活了似的。占卜杖猛地指向地下,当它弯成一个弓形时,树枝上的树皮开始起皱裂开。

亚当尽力地想向上拽,顶着树枝上不知从何来的拉力。这是不可能的。树枝自己会动,还一个劲儿地指向亚当所站的地方。亚当松开握着的占卜杖,占卜杖掉到了地上,它不再弯曲,只不过像是从普通苹果树上掉下的树枝而已。亚当惊呆了。

他小心翼翼地捡起占卜杖。尽管天气非常热,但他能够感觉到额头上冒出的冷汗。他走到院子的另一头。

他又拿起两根树枝,就像普特大爷当时那样拿着。他向前走了一步。

树枝又一次指向地下,它不停地振动,好像有一只无形的手从地下伸出来拉它似的。亚当感到他的手被震得发麻。他用尽全身力气,把树枝扔了出去,看到那树枝在半空中又变成了普通的树枝。

普特大爷的话突然回响在亚当的脑子里:"当我手拿着占卜杖经过地下河流时,占卜杖的另一端就会向下扭曲,指向有水的地方,就像钓鱼竿钓到了鲑鱼一样。"亚当屏住呼吸。他具有探测水源的本领了!他真的具有了探测水源的本领了吗?

整个院子还和往常一样热得烤人,地下不可能有

水。

那么是什么东西造成树枝扭曲并指向地下的呢?他决定再试一次。

他刚迈出第一步,手中的树枝就开始扭曲。

他在院子里来回交叉地走了几趟。不论他走到哪里,树枝总是像手指头似的始终指向地下。

"妈妈!"亚当扔下树枝,慌乱地跑进屋子,"妈妈!"

费斯克夫人来到厨房门口。"你在嚷什么,亚当?"她问,"你伤着哪儿了,还是怎么了?"

"我想我找到水了,妈妈!"亚当高兴地叫着,"水就在整个院子的地底下!不论我走到哪里,树枝都往地下指!"

"那么为什么普特大爷昨天没有发现呢?"妈妈用鼻子哼了一声,"整个农场的水还不够一只蟋蟀喝的。进去把盘子拿出来,你爸爸马上就回来了,他肯定饿了。"

"但是妈妈……只有水才会使树枝那样弯曲,"亚当说,"普特大爷就是那样说的。"

"你在那儿做梦呢,亚当。我想你中暑了吧。到客厅里去休息一会儿。我在这儿把晚饭准备好。"

"但是……"

"够了,照我说的去做。"

亚当迈着沉重的脚步,慢慢地走进客厅。他在想如

The Wish Giver

何才能让妈妈相信。

砰!

他好像听到有人在开启巨大的瓶子上的软木塞。接着又响了一声,随后他听到液体咝咝地喷出来的声音。

咝咝……

亚当第二次听到这声音。

砰!咝咝……

第三次!第四次!第五次!

砰!咝咝……

砰!咝咝……

砰!咝咝……

他还没来得及搞明白是什么发出的这奇怪的声音,就听见妈妈在大声地喊着:"亚当!把屋里的窗户都关上!老天长眼,开始下雨了!"

透过客厅的窗户,亚当看到院子里干裂的地面、晴朗的天空和那炽热的大火球——太阳。"房子的这边肯定没有下雨!"他大声地喊着。

他还是能听到咝咝的声音。咝咝……

"亚当,过来帮一下忙,窗帘湿了!"

他跑到厨房。硕大的水点儿穿过开着的窗户,劈里啪啦地落在了水槽里,他还能听见水落在屋顶,通过排水管汩汩地流入地下室的蓄水槽里的声音。

亚当冲了出去,来到后门廊。他无法相信他看到的一切!

从他挖的五个篱笆桩的坑里,水如同从消防栓管子里喷射出来一样。向上!向上!银白色的液体喷涌出来,比房子还高,形成了五根水柱,阳光照在水柱上闪闪发亮。在每根水柱顶端,水向四处散开,看上去像是五把撑开的大雨伞支放在房子的角落里。

"水!"亚当一边喊着,一边跑到水柱底下。他站在那里,浑身都湿透了,他还在大声地笑着喊,"水!"

这时从他身后传来一阵令人敬畏的喘息声。亚当转过身来。

爸爸正惊奇地盯着水柱看。接着妈妈从厨房里跑出来。"我有生以来还从来没有看到雨下得这么大,这……"

当她看到五根正在喷射的水柱时,一下子静了下来,她顿时目瞪口呆。

"这真的是水,"爸爸对着咝咝喷涌的水说,"咱家外面的玉米地,我打算把地头儿的土松松。"

"玉米地怎么了,爱德华?"妈妈问。

"我在地上刨了个洞,"爸爸回答说,"水就开始从这个洞里出来了。不是顺着地往外流,而是向空中喷射。就像那些水柱,只不过没有那么大。我想我一定是被太阳晒昏了头,要不然就是得了什么病。我就又刨了个洞,水

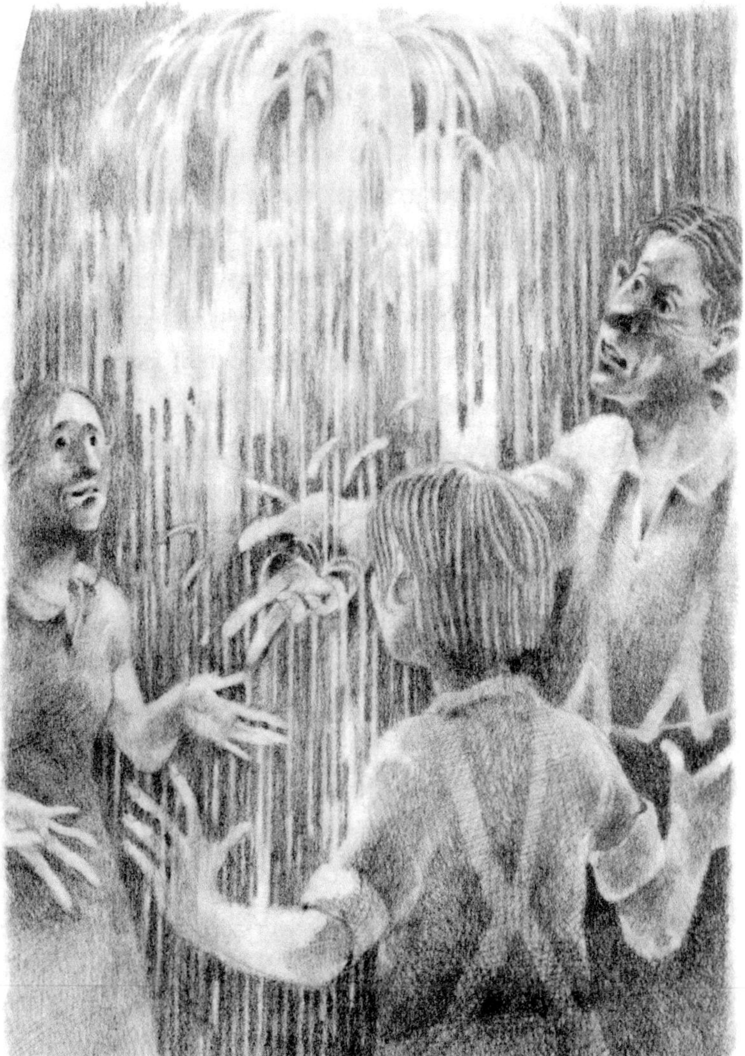

又从洞里喷出来。我有生以来还从来没有见过这种事情。不可能发生这种事情,这种事情不可能……"

"但是确实发生了,"亚当喊着,"我们这个农场终于有水了!"

"这的确不是一般的奇怪,"爸爸说,"还有,如果不利用已经给我们提供的水,那真是有点儿可惜了。我想再多刨几个洞,这样我们就可以给所有的庄稼都浇足水了。亚当,把大铁桶拖过来装满水,说不准这水能喷多久。"

但是水并没有停下来。下午三点多钟的时候,所有的庄稼都喝足了水,所有的铁桶、锅碗瓢盆都装满了水。顺着排水管流下的水已经把地下室里的蓄水池灌满了,亚当把引入家里的排水管关上,这样水可以流到院子里去。

那天晚上睡觉的时候,水还像开始时一样地喷着,一点儿也没有减弱。水从五个坑里喷出来,劈里啪啦地落到了房顶上。"我希望水声不会使我们睡不着觉。"妈妈说。

"那水声比我听到的最美的音乐还要动听,"爸爸说,"我打算今天晚上好好儿地睡上一觉。"

那天晚上,亚当躺在床上,困意中带着微笑。水在排水管里汩汩地流着,滴落在地上,使植物生长。再也不用

The Wish Giver

拉着铁桶到蜘蛛河里去装水了。一切看上去都是那么的完美。

他满足地舒了一口气,睡着了。

那天夜里,亚当做了个梦。他在冰冷的蜘蛛河里站着,一小桶一小桶地舀着水,因为他要把像巫师树村绿地那么大的马车上的一百个大铁桶都装满水。

突然有什么东西缠住了他的脚踝。他尽力要爬上河岸,但是那个东西使劲地把他往更远的深水里拽。他的腿剧烈地抽搐着。他觉得自己在往下滑,浑身颤抖着晃晃悠悠地摔倒了……

亚当睁开眼睛。早晨的阳光透过窗户照进了房间,但他仍然感觉冷。外面哗哗的喷水声和水落在房顶上发出的劈里啪啦的声音几乎被亚当牙齿打战的声音淹没了。

滴答……滴答……滴答……滴答……

他坐了起来,朝床尾看去。那里的毯子已经被水浸透,湿漉漉的床单紧紧地缠着他的脚踝。天花板上有一大块儿洇湿的地方,又有水滴在那儿积聚着,然后落到床角上。

屋顶漏雨了。

亚当立刻起床。他从放扫帚的小屋里找出一个小桶,拿回房间。他把床挪到一边,把小桶放在滴水的地方

下面。当他开始穿衣服的时候,水滴落下的丁丁声、呲呲的喷水声和水落在屋顶上的声音响成了一片。

妈妈在厨房做好了麦片粥。"屋顶漏了,"亚当边吃饭边告诉妈妈,"在我房间的天花板上。"

"没什么奇怪的,"妈妈说,"整个晚上水都在不停地喷。我们屋顶一天所承受的水量要比十年下的雨量还大。那声音吵得我整夜都无法睡觉。"

"也许我和爸爸可以把漏的地方修好。"亚当说。

"你爸爸脑子里想的是另外一件事情,看!"

亚当走到窗户跟前。喷涌出来的水在地上冲刷出了一条水沟,水顺着水沟流到谷仓那边的洼地里去了。谷仓现在看上去也和往常不一样了。它好像漂在波光粼粼的水面上。

那里有一片水,谷仓被淹了!

"你爸爸正在尽力地清理被冲得乱七八糟的东西。"费斯克夫人说,"你最好去帮帮他,亚当。如果水不能很快停下来,我都不知道后果会怎么样。"

亚当穿上高筒雨靴,趟水来到了谷仓。爸爸正站在马厩附近,轻声地跟马说着话。

谷仓的整个地面都被水淹没了。在一个角落,两袋粮食都被水泡成玉米粥了。而鸭子看上去却很高兴,它们在水里游着,从马厩游到粮仓,再游到打谷场,就像一

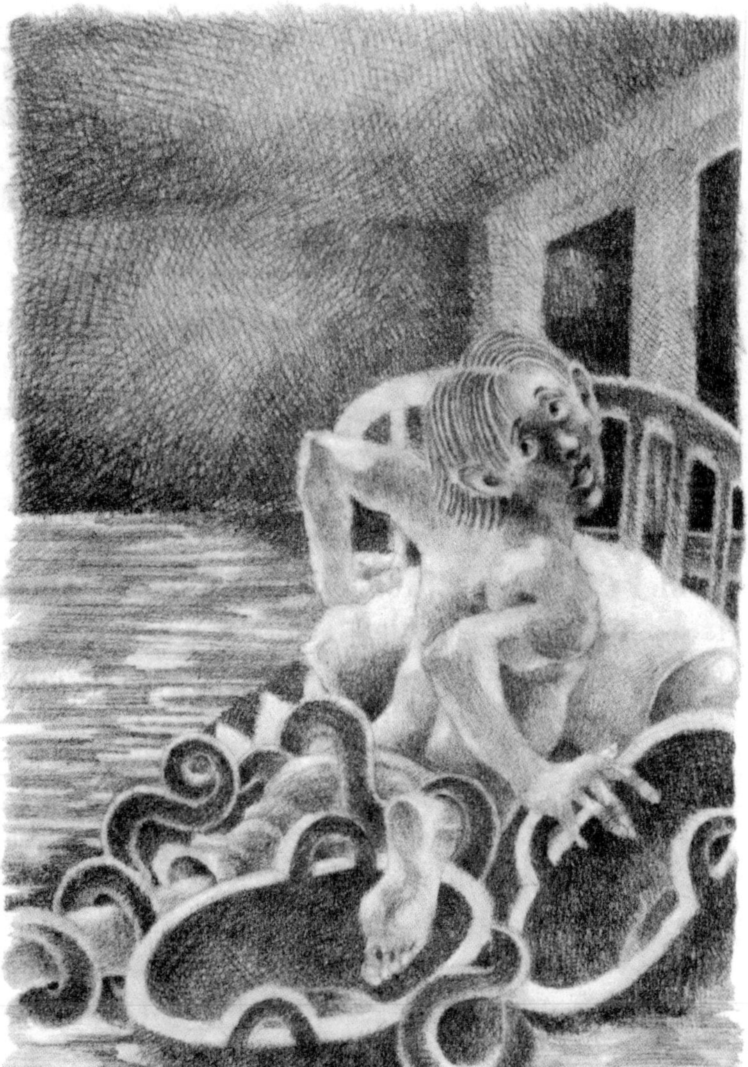

国际大奖小说

支小船队。它们嘎嘎地叫着,尽情地享受着这一切。鸡待在草料棚的顶上,是爸爸把它们放上去的。它们正扇着被水浸透的翅膀,愤怒地格格直叫,就像……就像发疯的落汤鸡。

"首先,"爸爸告诉亚当,"你把马牵到杨克斯的农场,我来看看有没有比较干的粮食可以留下来。然后我们把工具和这些杂七杂八的东西扛到草料棚去。那里还没有进水,至少现在是这样。"

谷仓的活儿用了几乎一个上午才干完。亚当从杨克斯的农场回来时,爸爸已经将干的粮食运走了。他们俩从已经慢慢地变成了湖泊的谷仓里抢运出了大部分大型工具。但是很多比较小的东西,像链子、马嚼子、马蹄铁等等却都丢在水里了。

"我想我们能做的已经都做了,"爸爸最后说道,"但是房子边上的那些水还和以前一样地喷着,不见小下来,而从我在地头儿上刨的那几个坑里喷出来的水也没有停的迹象。这的确很奇怪,为什么这水总是在喷?整个农场都被淹透了。"

"庄稼不会淹死,是不是?"亚当担心地问。

"很难说,"爸爸回答说,"现在它们是喝得很足。但是如果水不能很快地停下来,庄稼不是被水淹死,就是在水里烂掉。水为什么会到这里来,这的确是一个难解

五毛钱的愿望

The Wish Giver

之谜。往常水到了我们农场时，就会渗到地底下了。"

"可一旦失去了庄稼，我们怎么办，爸爸？"

"我们会想别的办法。目前我脑子里想的不只是这几亩玉米。"

"那是什么，爸爸？"什么事情会比我们失去庄稼还糟呢？亚当琢磨着。

"看那儿，亚当。你看到那房子和谷仓周围比较高的地方了吗？我们的房子正处于洼地。如果洼地积满了水……"

"爸爸！"亚当喘了一口气，"那我们就会住在湖中间了！"

爸爸点点头说："如果明天水还不停的话，在我们客厅里唯一感到舒服自在的就是鱼了。我琢磨着这水还会不停地喷，在我们没有被淹死之前，我们最好还是离开这个农场。"

"离开农场，爸爸？那太可怕了！"

"除非水停了，否则我们没有别的办法。不要这样沮丧。我买了这个农场，我还可以再买一个。攒钱在荒年也只要几年的时间，再说我们以前又不是没遇到过困难，我想我们会顺利地渡过这个难关。"

接着，爸爸做了一个警告的手势，提醒说："不要跟你妈妈提这件事，亚当。让她跟着担心没有意义。也许水

会停下来,我们操的这些心都是没有用的。"

时间慢慢地过去了,水还在从地底下不停地往上喷。每过一小会儿,亚当都要从厨房的窗户往外看一看。他每看一次都发现谷仓边水塘里的水又往上涨了一点儿,就像饥饿的妖怪一样,一直在蹑手蹑脚地走近他们的房子。水离他们越来越近。

大约下午两三点钟的时候,亚当往外一瞧,看到一小群人正站在高地上眺望着他们家的房子和谷仓。"爸爸,"他说,"人们都从镇上来看这里发生的事情了。"

"如果我是他们的话,我也会来看的。"爸爸有点儿疲倦地说,"如果你愿意的话,你去看看他们。今天早上干了那么多的活儿,我都快累死了,只想独自在这儿待一会儿。"

亚当想知道人们对于喷水的事情是怎么看的。当他走上通往高地的山丘时,听到火车站站长乔纳·考碧和在高中教科学课的威尔伯·鲍尔温在大声地争论。考碧先生与人争论时总是想占上风。

"该死的,威尔伯!"他说着,"你可以大讲特讲有关地下河流和地下岩石层以及其他那些没有用的东西,讲得脸都发青。但是该死的,你如何解释现在发生的这一切?"他用手指着那五个正在喷涌的水柱的方向。

"水井……叫作喷水井……有时出水……"鲍尔温先

生开始说。

"依我看,如果世界上……"考碧先生格格地笑着插嘴说,"你那无所不能的教科书根本无法解释水为什么如此这般地从地下喷涌出来。承认吧,这件事你根本就不懂。"

"对,我不懂,"鲍尔温先生回答说,"但是那并不意味着……"

"也许我们只看到水柱的表面,哼?也许那些水柱的水根本就不是在那里,而是从外面流过来的,淹没了谷仓。"接着,考碧先生用胳膊肘捅鲍尔温先生的肋骨,开着玩笑。"或者,这样解释如何,威尔伯,也许这就是魔力!"

听到魔力这个词,亚当的心一下子凉了半截。教友联谊会……泰德司·布林……愿望卡……他回想起了所有的一切。突然他清晰地记起自己的愿望:

我希望我们农场到处都是水。

"农场到处"——那就是他说的。但是他的意思只是……

"亚当?"

说话的是铁匠斯文·汉森。斯文个头儿六英尺有余,像一棵大橡树一样,又粗又壮。有一次亚当看见他从地上举起两个钢砧,连一点儿汗都没出。

"是那些水给你和你爸爸带来很多麻烦吗,亚当?"斯文问。

亚当点点头。

"你想让我把它们堵上吗?那样你们的农场就不会被水淹了。"

"你真的能做到吗,汉森先生?"亚当不相信能有办法让水不再往外喷。

"当然能了,我来做给你看。"斯文迈着稳健的步子向房子走去,亚当紧跟其后。铁匠在后门廊找到了一个洗澡盆。"这个就可以。"他说。

斯文走到最近的一个水柱,根本不介意水喷在他的身上。他把洗澡盆高高地举过头顶。

"呀嘿!"当斯文把洗澡盆扣在水柱上时,他的喊声在亚当的耳边回荡着。接着斯文又跳到洗澡盆上面,把双手举过头顶。

"看啊!"山丘上有人喊。

"斯文·汉森盖住了第一个水柱!"

现在只剩下四个水柱了。"来呀,你们这些人!"斯文命令道。"你在洗澡盆周围钉树桩,往深处钉。然后你用绳子捆住洗澡盆,还有……"

大家还没来得及按照他的指示去做,突然从地底下发出轰隆的一声。斯文仍然站在洗澡盆上,这时的他开

The Wish Giver

始向空中升去。水从地下喷出来,把洗澡盆高高地喷向空中。在洗澡盆从水柱上落下来之前,铁匠已高过后门廊的房顶。砰的一声,斯文和洗澡盆都落到了地上。

"汉森先生!"亚当惊恐地喊着,"你没事吧?"

斯文坐了起来,向四周看了看,摇摇头,站了起来。

"我只是被风刮倒了,"他说,"但是那水的力量也实在很强。亚当,我是巫师树村这地方最强壮的人。如果我不能把那些水柱堵住的话,别人谁也堵不住。"

亚当非常伤心地向房子走去。在后来的那段时间里,他和爸爸妈妈坐在一起一句话也不说,只是看着水离他们的房子越来越近了。他们都很清楚,农场已经失去了,但是没人想谈论这件事。

晚饭前,亚当鼓足勇气要告诉爸爸他许的那个可怕的愿望。"爸爸,"他开始说,"我上个星期六在教友联谊会上看见一个小矮人,他穿着白西服。他告诉我……"

"亚当,安静点儿!"妈妈严厉地命令道,"你爸爸没有心情听你讲那些毫无意义的琐事。"

"但是妈妈,我……"

"够了,亚当!"妈妈用汤勺狠狠地打在他的手腕上。亚当记得妈妈还从来没有这样生气地打过他。

"我不说了,妈妈。"他小声地说。

后来,当他准备好要上床睡觉时,亚当除了听到水

柱的咝咝声、水落在屋顶的声音和天花板丁冬的滴水声外,又听到一种新的声音,这声音好像是水滴在平静的池塘里,但声音是从他放床的地板下传出来的。

爸爸出现在他房间的门口,手里提着一个灯笼。

"水已经没过了地下室的窗户。"他告诉亚当,"水已经进家了,明天我们得搬走了。"

星期四早上,亚当起床后第一件事就是往窗户外面看。房子的周围是一个大水塘,水拍打着房基。谷仓的大部分都处于水下。那五个水柱和昨天一样有力地喷着,水落在房顶上发出的声音在亚当听来是那么的大。他立刻穿上衣服,来到厨房。厨房的屋顶现在也漏了,而且漏得很厉害。水桶、水壶还有平底锅都摆在地板上接从天花板上漏下的水。妈妈站在炉子旁。她穿着一件黑色的胶皮雨衣,戴着帽子,一只手里举着一把撑开的雨伞,另一只手在锅里轻轻地磕着一个鸡蛋。一滴水从雨伞上滚了下来,落在灼热的炉子上,发出刺的一声。

"今天早上你不该做饭,"亚当跟妈妈说,"反正一会儿咱们就走了,不吃早饭能过得去。"

"自从你爸爸建好这栋房子,我就每天都在这个炉子上做早饭,"她说,"即使这是我们在这里的最后一天,我也不会放弃。"

亚当想,妈妈和爸爸一样倔强,只不过方式不同罢

了。

"喂,房子!"亚当听见爸爸在外面什么地方喊,"自己做好准备吧。船长费斯克要进港了!"

妈妈突然打开后门,亚当看见一个人,他从来没料想到眼前的这个人那么怪。是爸爸!他浑身都湿透了,正站在一个看上去像筏子的东西上。它的四边是粗笨的木头梁,凹凸不平的。筏子的每个角底下都绑着一个水桶,这样可以使筏子漂在水上,整个筏子是用绳子、捆包线和粗绳缠绑起来的。

"这是用鸡舍和马厩的木头扎的,"爸爸说,"我还得从谷仓拆下我需要的东西。"

"这……这是一个很不错的筏子,爸爸。"亚当说。

"再过几个小时水就会涨起来,淹没整个一楼,"爸爸说,"我们得用筏子将家具和其他东西运到高地上去,我们还有时间。"他指向一座小山丘,上面标着"杨克斯农场界"。

"在我们开始搬东西前,"亚当说,"让我来告诉你有关愿望的事情……还有教友联谊会的那个小矮人……还有……"

"现在没有时间闲聊那些无聊的事,亚当。"爸爸说,"水在迅速地上涨,我们得马上搬走。我来把这东西划到前面去,在那里,喷出来的水不会溅到我们身上。你穿过

客厅,给我把门打开。嘟嘟!嘟嘟!"说着,爸爸做出拉响船上汽笛的动作。

"我万万没有想到在这危急时刻,你爸爸竟然还能开出玩笑来。"妈妈跟亚当说。

爸爸撑篙来到房角,打开前门。他扔给亚当一根绳子,俩人同时一拽,筏子便到了门口。

"先搬长沙发,"爸爸说,"也许还能再装一个直背椅子。我们一次不能装太多的东西,否则会翻船的。"

爸爸和亚当装满筏子,离开房子,朝小山丘的方向划去。一靠岸,他们马上就把东西卸下来,然后划回去装第二趟。筏子的行进速度很慢,它在水里颠簸着就像一只疲倦的海象一样。

光床铺就拉了两趟。有一趟,爸爸多塞了一把椅子,还差一点儿滑到水里。他们拉上妈妈,让她在中间,周围装着壶、锅还有别的小东西。他们来回运了好几个小时。最后,房子里只剩下一个大炉子。

亚当抓住炉子的烟囱管,烟囱管是穿过墙绕着安的。当烟囱管松开时,里面的灰洒落在他的头上和肩上。

"呸!呸!"亚当吐着嘴里的灰,"爸爸,我浑身都是灰!"

"回头再洗吧,"爸爸告诉他,"有的是水,眼下,我们得把这个炉子搬走。"

The Wish Giver

炉子比房子里的任何东西都重,亚当用尽全身的力气抬着炉子的一端。他们刚把炉子装上筏子,就听见哗的一声巨响,水从前门涌进了房间,地下室里的水也涌了上来,把所有的地板都淹没了。

"房子下陷了!"爸爸喊,"开船,亚当。"

他们距离干燥的岸边还有大约六米,突然……

喀嚓!

"那是什么声音,爸爸?"亚当惊恐地小声问。

"我不知道,那……"

喀嚓!

"筏子眼看就断了!"亚当喊,"炉子太重了。再快点儿,爸爸!再快点儿!"

他们俩都更加用力地撑着篙,但是太晚了。

喀嚓!

整个筏子四分五裂。炉子像岩石一样从筏子上沉进了水里。筏子的一头儿翘了起来,把亚当和爸爸一下子掀到了冰冷的水里。

"快游,爱德华!"妈妈在岸边喊着,"亚当快游!快游!逃命要紧!你不能淹死!救命啊,来人哪,救命啊!"

"莎拉,你别尖叫了,好吗?"爸爸大声地喊道,他的笑声也传了过来:"这里的水深只到我们的腰。"

在把所有的家用东西都搬到岸上的时候,从镇上来

了两三辆马车。邻居有难,巫师树村的好心人不会袖手旁观。他们都是全家人一起来的。男人们和男孩子们帮着把家具从水边搬走。女人们和女孩子们搬来了足够一支部队吃的粮食,还要主动给他们腾出屋子,让费斯克一家人住下。

但是爸爸执意不肯。"我们就在这儿搭棚子住下。"他告诉塔伯斯镇长,"小小的不幸不会使我们丧失信心的。男人除非到了讨饶认输的地步,否则是不会被征服的。"

"但是天很快就会黑下来,"镇长说,"难道就没有什么我们可以帮上忙吗?"

"不,先生,有。如果你能让我们单独把东西整理整理,我会不胜感激。"

接着乡亲们都走了。当太阳落到了西面地平线上的时候,费斯克一家人独自待在曾经是他们的农场,而现在却是一片汪洋的湖边。爸爸生了一小堆火,用斧头打开一盒豆角罐头。妈妈在地上铺了一张毯子,他们吃饭的时候坐在上面。除了水柱喷射时发出的咝咝声和水拍打在被淹没的东西上所发出的声音外,到处是一片寂静。

亚当深深地吸了一口气说:"爸?"

"什么事?"

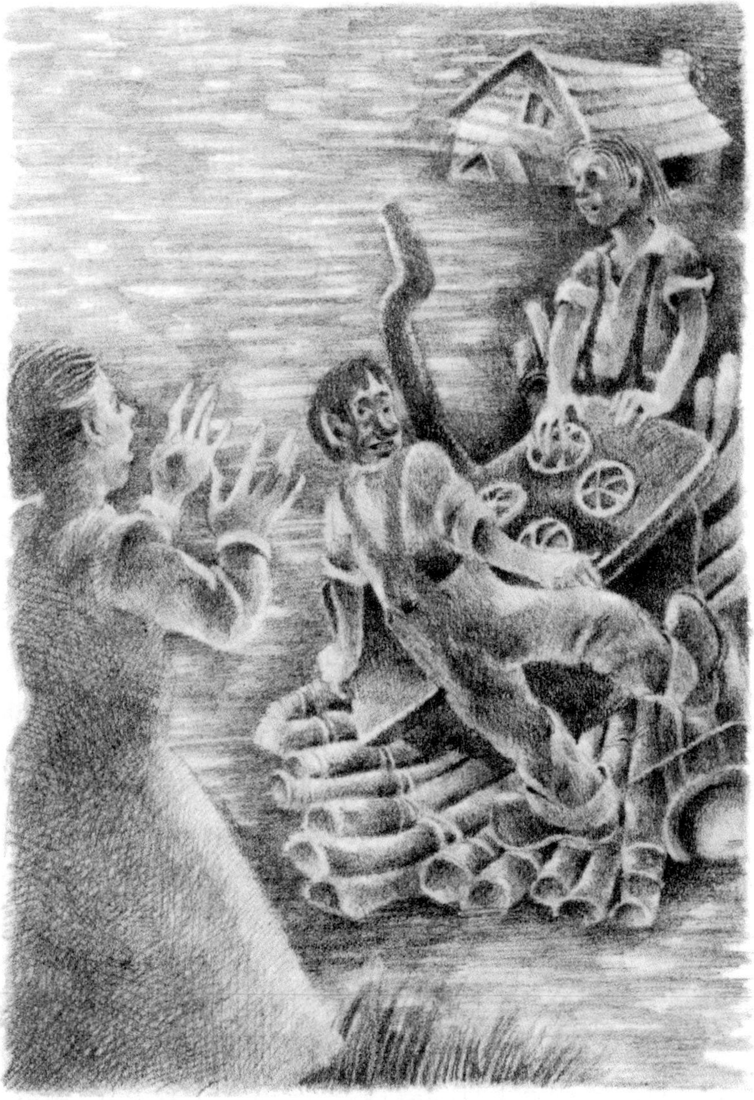

国际大奖小说

"是我,爸爸,是我做的这一切!"

"做了什么,亚当?"

亚当开始讲起他的故事。他谈到教友联谊会,泰德司·布林,卡片,他许的愿望,还有愿望已经变成的现实。当他讲完事情的整个过程后,他静静地坐在那里,等着爸爸大发雷霆,或者用棍子打他,或者……

"这看来是不可能的。"爸爸温柔地小声说。他走到湖边,把一个从鞋子里露出来的脚指头伸进水里。"这看来是不可能的,"他重复着,"活了大半辈子,还从来没有想到会遇到这种事情……而且只是由于一个小小的愿望引起的,竟然还真的发生了。这一定是魔力的作用。"

"你不……不生气吗,爸爸?"亚当问。

"就因为你许了个愿,亚当?"爸爸回答,"在过去的年月里,我已经许过上百次的愿望了。唯一不同的是,我没有带红点的卡片。但是如果我有的话,我也会用的,和你一样。不,亚当,我伤心的只是我们失去了农场,但是我不生你的气。希望事情变得更好,是所有人的愿望。"

亚当感到浑身舒服多了。把整个事情都讲出来,不再憋在心里的感觉真是太好了。还有爸爸……爸爸甚至没生他的气。

现在天特别地黑,亚当抬头向峡谷望去,他看到杨克斯的农场点上了灯,宾厄姆的农场也点上了灯,锯木

The Wish Giver

厂的守夜人把灯笼挂到了窗户上,拉什大夫办公室里的微弱的光线,说明他仍然还在工作。

四处灯光——黑暗中的四个小亮点。亚当站了起来。"四处!"他小声说,"有四处!"

"我们也看到了灯光,"他妈妈回答说,"但是这有什么?"

"我有些事情得要去做,"亚当说,他激动得声音有些发抖,"我一会儿就会回来的。爸爸……妈妈……你们就在这里等。"

"亚当,你要到哪里去?"爸爸问。

但是没有人回答,因为亚当已经大步跑到湖边,朝巫师树村跑去。

国际大奖小说

尾 声

在司徒·米特的商店里

喂。我又来了,司徒·米特。

正如你所见到的,就在波莉·凯穆、罗威娜·杰维斯和亚当·费斯克从泰德司·布林那里接受了那些愿望卡之后,在短短几天的时间里,这三个年轻人惹了多大的麻烦!哦,也许他们已经从所发生的事情中,从自己不明智的愿望中得到了一些教训,但是我还是来讲述一下我自己的故事,让大家也吸取一些教训吧。这么说吧,他们的确使自己的愿望得以实现,但却为此付出了高昂的代价。

波莉不再对任何人说那些粗话了,不论在多么需要说粗话的时候,她都不能说了,否则她就得像牛蛙一样"咕——呱呱——咕咕——呱呱"地叫上半个来小时;罗威娜在她家后院的树林里得到了一棵又矮又粗的小树,从树干顶部的树瘤处仍然可以看出亨利·派朴尔那恐怖的面孔;亚当·费斯克现在没家了,房子和谷仓都被水淹

The Wish Giver

没了,整个农场到处都在猛降大水。

尽管他们是如此的不可救药,但我想他们所遇到的麻烦总是有办法解决的。这就是我为什么又回来讲述这件事情的原因。

星期六教友联谊会结束后的转个星期四的晚上,我发现周末时商店的晚上营业时间延长了。商店的生意很好,周围的农民们可以在晚上买他们白天没有时间买的东西。甚至到了晚上九点钟时,我不得不把顾客赶走,这样才能把门关上进行盘点。

在丹尼尔和詹妮·皮特走后,我把店门关上,刚要上门闩时,突然听到身后有声音。我转过身,看看是谁。

原来是波莉·凯穆。她正躲在那个角落的五金器具柜台后向外窥视。

我刚要让她离开,话还没来得及说出口,前门猛地被撞开了,罗威娜·杰维斯跑了进来。

紧跟其后的还有亚当·费斯克。当然了,他们都是气喘吁吁、上气不接下气的,好像是从波士顿一路跑来似的。

"见鬼,这么晚了,关门了,你们怃来这儿干什么?"我问。我很生气,已经卖了一整天货了,我累了。

然而想起在过去的几天里,我听到和看到的一些发生在这三个人身上的怪事,由于好奇,我的气也就消了。

"我……我得见你,司徒·米特,"罗威娜紧张地说,"我有相当重要的事。"

"我也是,"亚当说,"这事绝对不能等。"

"可我是先来的,"波莉突然插话说,"你们俩以为你们是谁,来到这里……"然后她摇了摇头,立刻把嘴闭上了。

"你们三个人都想见我?"我问,"难道不能等到明天早上吗?"

"不能!"三个人同时喊道,就像他们在一起唱合唱似的。我知道事情一定非常严重。因此我让他们坐在板条箱上,我拿了把旧转椅坐在炉子旁。

"那么,"我说,"到底是什么事?"

说到这儿,他们便都立刻开始讲了起来,手在空中挥舞着,每一个人的声音都想压倒其他两个人。

"打住!"我吼道,"大家轮着来。波莉,你第一,罗威娜第二,然后是亚当。"

就这样,他们把发生的事情给我讲述了一遍,就坐在这里。

当他们都讲完了以后,恐怕世界上再不会有人像我这样感到吃惊。当时我对泰德司·布林所说的话不以为然,一笑置之,看来我是完全错了。给予愿望的人可以使梦想成真。当然了,是按照他自己的方式。

The Wish Giver

"那个泰德司·布林,"我咆哮着,"我应该知道他是什么样的货色!我原以为只是他的眼睛有些怪,现在看来他和来过这里的那些妖魔鬼怪一样可恶!"

"但是你们想从我这里得到什么呢?"我最后问,"我可不是什么给予愿望的人。"

三个人你看看我,我看看你。过了一会儿,罗威娜·杰维斯开始说话了。

"你还有那张卡片吗?"她问我,"上面带着红点的那张?"

我点了点头。

"你还没有在上面许愿,是吗?"波莉接着说。

现在我才明白,唯一能使他们从自己给自己造成的麻烦中解脱出来的人是我。我走到收银机前,按下控制键。当的一声,抽屉滑开了。在一堆钞票和支票中间,我找到了从泰德司·布林那里得到的卡片。

"现在,司徒·米特,"罗威娜说,"如果你把拇指压在那个点上,说'我希望亨利·派朴尔再变成人',这样的话,我会非常非常感激你的。"

"等一会儿!"亚当喊道,"我们农场正在发大水。"

"罗威娜·杰维斯,你是个自私的、愚蠢的小人!"波莉同时大声喊道,"而且我认为你该去!"

"咕——呱呱——咕咕——呱呱!"

国际大奖小说

听到牛蛙的叫声,亚当和罗威娜俩人静了下来,只是盯着波莉,她正抓挠着喉咙。这才使我有机会插上话。

"你们仨忘记了一件事,"我告诉他们,"根据泰德司·布林说的,我可以用这张卡片得到想要的任何东西——所有想要的东西。我想现在就开始许愿。"

"但是水……"亚当大声喊着。

"亨利·派朴尔……"罗威娜插话说。

"咕——呱呱——咕咕——呱呱!"波莉接着说。

我右手拿着卡片,拇指压着红点。那时整个商店变得非常寂静,他们仨眼睛一动不动地盯着那张卡片,好像那张卡片是一个可以咬人的活物。

"我希望……"我说,"现在我只想……我希望这三个年轻人马上撤回他们许的愿。还有,布林先生,我也不想再看到你用这种愿望让任何灾难再降临到我们巫师树村。"

我感到拇指下的卡片上的红点变热了,几乎热得烫人。与此同时,那三个人又开始互相唠叨起来。当然了,波莉的声音最大。

"咕——呱呱——咕咕——呱呱!你,你真的很灵,对吗?我叫得像只……"

我有生以来还从未见到过这么兴奋的女孩儿。"我……我又可以说话了!"她兴奋地喊着,"几分钟前我还

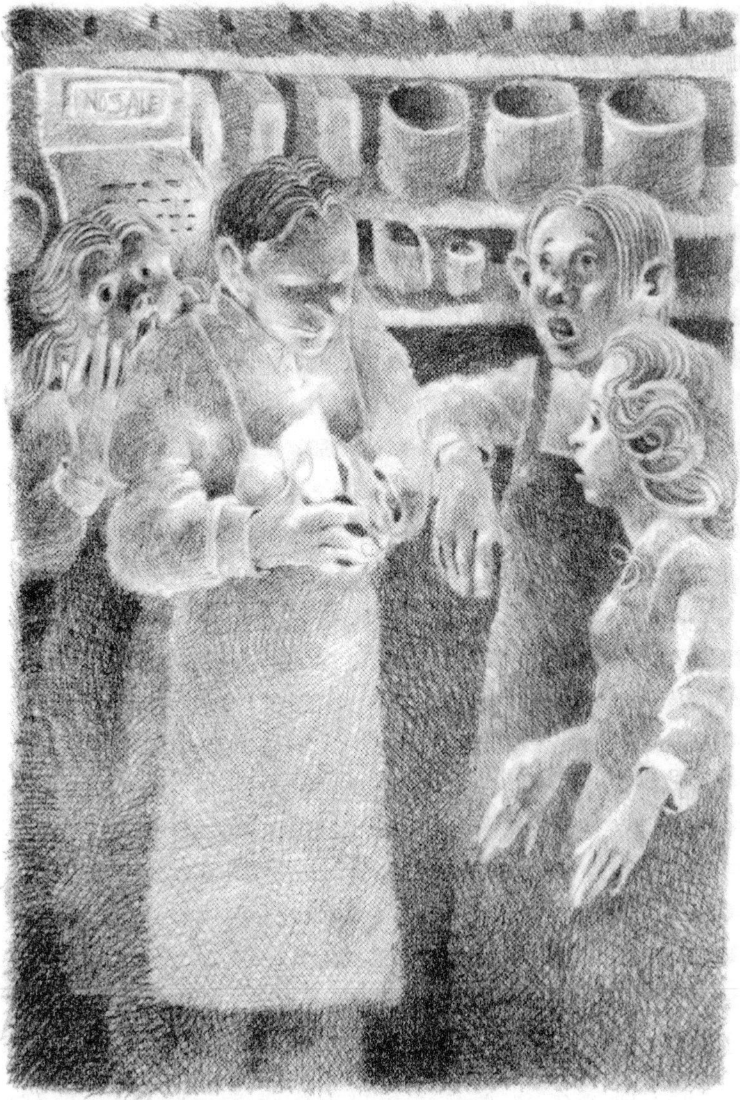

在叫,而现在我可以说话了!"

然后她转过来对我说:"对不起,司徒·米特,我要看看魔力是不是真的没有了。现在,我认为你是巫师树村最卑鄙的、最能骗人的、最能给人短斤少两的老啬鬼!你是最能偷懒的、最不中用的,还有……还有……哦,司徒·米特,我刚才所说的都不是我真心想说的,只是,只是我想试一试那像牛蛙叫的病是不是真的好了。谢谢你,司徒·米特。哦,谢谢你!"

说完了这番话,她在我的脸上重重地吻了一下。

后来我们发现就在波莉"骂"我那番话的同时,罗威娜·杰维斯的爸爸妈妈正坐在她家屋子外面的后门廊里。突然他们听到院子远处的树林里有人喊了一声,接着听见跑步的声音。杰维斯先生拿了个灯笼去看看是谁,但是当他进入树林时,他没看见有人在那儿,他只发现地上有一堆纸,是一些空白订单。

永久农具公司

—— 亨利·派朴尔,推销员 ——

在曾经是亚当家农场的大水塘边,费斯克站起来透过漆黑的夜色张望着。"莎拉!"他喊着妻子,"你听!"

"我什么也听不到,"她回答说,声音里带有一丝困意。

"那就对了——什么也听不到了。喷水停止了。"

不管怎么说,愿望卡也许的确带来一些益处。波莉·

The Wish Giver

凯穆现在更多时候是说她是如何喜欢人们的这儿那儿，而不是专挑别人的毛病——虽然有时她仍然会对那些使她生气的人相当粗鲁。现在，她在学校里交了很多朋友。三个多月了，维克斯塔福兄妹俩再也没有往她的后背上扔蛇，也没再把她扔进河里。

今年秋天，萨姆·卫克斯曼带着罗威娜·杰维斯去参加朋友们剥玉米的聚会，罗威娜还给萨姆缝制了一床有爱神丘比特之箭图案的被子。有时在吃饭的时候，他们在认为没有人看见的情况下，还在桌子底下拉手呢。杰维斯先生说他们拉手的样子真让人恶心，不过他是带着微笑说的。

亚当·费斯克？唉，可惜的是，农场又太缺水了。水渗到地底下后，整个农场又变得和往常一样干旱，根本就长不出庄稼来，那是毫无疑问的。但是费斯克一家人并不在乎。亚当得到了一份新工作，收入很高，比他在那个破农场干活儿强多了。他的确有探测水源的天赋。现在他和普特大爷一起做事，走遍全郡各地，用叉状树枝探测水源。在这个地区探测水源能赚很多钱，等到明年，爱德华和莎拉·费斯克再开始种地时，亚当就有能力为他们买下一个令他们感到骄傲的新农场了。

这就是故事的全部经过。我就讲到这儿，仅留给你下面的思考：

国际大奖小说

　　就我所知,泰德司·布林现在仍然游荡在我们这片土地上的大街小巷。因此,如果你碰巧参加狂欢节,或者赶集,或者参加社区团聚,看到一个穿着白色西服,红色背心,胸前有一条又黄又粗的表链的矮胖的男人时,当心点儿!

　　仔细地看看他的眼睛。

　　特别是在他告诉你他可以给你你想要的任何东西时。

　　在你接受他开的价之前,要考虑考虑,而且要非常认真地考虑。

　　也许还有别的什么东西需要你花费五毛钱。